ユウ

DAISUKE NOGUCHI

野口大輔 著

文芸社

あなたはずっと光の中にいる
僕はずっと闇の中にいる
その狭間にはまだ誰もいない

ユウ／目次

ユウ

第一章　眼

ドクン。ドクン。
またあの嫌な音がする。この音は一度鳴り出すと、今日一日が終わるまで決して止まってはくれない。日が暮れるまでとことん僕を引きずり回すのだ。無理だとはわかっているのだけれども、僕はいつもこの音を止めようと無駄な抵抗を試みる。苦心して編み出した多種多様な戦法で。

冷たい水を飲む
顔を洗う
遠くの景色を見る
眼を閉じる
胸に手をあてる

深く呼吸をする

…………

ドクン。ドクン。

やっぱりこの音は鳴り止んではくれない。蓋の壊れたオルゴールみたいに、とめどなく鈍くて聞くに耐えないメロディーを奏でてゆく。

「おい、聞いているのか?」

嫌な音とともに響く嫌な声。この音楽に荒っぽい抑揚をつけてくれる人がいる。

「聞いてるのかと言ってるんだ! ユウ!」

やっと僕は我に返った。ふと傍らを窺《うかが》うといつものように店長が、怒りと憎悪を孕《はら》んだ眼で僕を睨みつけている。理由はつまらないもの。レジを締める際に、店の金額が五十七円足りなかったからだ。

「ユウ! また釣銭を間違えただろう!」

このコンビニ付近には学生アパートが乱立していて、深夜でも客足が絶えない。僕に限らず誰が夜勤に入っても、明け方金額を確認すると、毎回誤差が生じるのだ。

だけど怒られるのは、いつも僕一人だけ。僕の思いこみかも知れないが。夜勤明けで僕の勤務時間もとうに過ぎているというのに、これから二十分はかかるであろうお説教が始まるのだ。内容は毎回変わりばえしない。何度も同じ失敗をするな、おまえの仕事ぶりにはやる気が感じられない、最近の学生という奴はみんなこんなものなのか、等々。

ドクン。ドクン。

気分の悪いお説教の間、この音はひたすら鳴り続けて僕の頭を締めつける。お説教自体は、僕がさほど苦にする代物ではないのだ。この音の原因は、はっきりしている。眼だ。剥《む》き出しの感情を僕にぶつけてくるあの眼。そのせいで僕はいつも、この嫌な音に悩まされなければならないのだ。

僕は人の眼が大嫌いだ。人の憎しみに満ちた眼を見ると、たちまち僕の足は竦《すく》んでしまう。人が悲しむ眼を見ると、こっちまで悲しくなってしまう。人の幸せそうな眼を見ると、何やら自分が惨めになってくる。そんな感じで僕は、出会った人々の感情に巻きこまれてしまうのだ。この嫌な音に乗って。

ドクン。ドクン。

頭痛。吐き気。眼眩《めまい》。自信喪失。この音は厄介なものばかりを僕の心に運んでくる。僕はいつの頃からか、人の眼を見ない人間になっていた。そしてこれもいつからか全くわからないのだが、僕は人の眼を見なくとも生きていける術《すべ》を、自分でも知らぬ間に身につけていたのだ。あくびをしながら、窓の景色を見ながら、背伸びをする真似をして眼をつぶりながら、あるいは相手の肩を見ながら、といった方法をとりながら、僕は人と会話をするようになっていた。しかしこの時ばかりはそれらが通用しない。僕が少しでも眼線を逸《そ》らそうものなら、

「ちゃんと俺の眼を見ろ！　ユウ！」

といった具合に仕方なく、僕は人の眼を見る羽目になってしまうのだ。僕はバイトが終わった後、必ずこの音に悩まされている。普段なら回避できているはずのこの音に。

これだけの危険《リスク》を背負っているにもかかわらず、それでもコンビニの夜勤のバイトはこの僕に向いている。なぜならこのお説教さえ我慢すれば、勤務中はほとんど人の眼を見なくて済むからだ。というよりも見る機会は皆無である、と述べた方がいいかも知れない。

夜勤のシフトは夜の十時から朝の七時までなのだが、この九時間もの間、僕はたった一人で店を任される。レジでの遣《や》りとりなんてわざわざ客の眼を見なくとも、お金や品物や客の肩なんか見つめていれば、それで事足りる。眼線を合わさないことに対して、いちいち文句を言う客はまずいない。店員の眼線なんかに興味を示す客がもしいたなら、そいつは余程の変わり者なのだろう。夜半、このコンビニに訪れるほとんどの客が学生である。みんな、徹夜でレポートを仕上げるための夜食や、仲間達と繰り広げる夜通しの酒宴に宛《あ》てがわれるおつまみなどを買っては、足早に店を去っていく。他は、一時間も二時間も雑誌を立ち読みして暇をつぶす学生がいるぐらいで、この状況において人の眼を見る必要性は、無いに等しいのだ。

ごく普通に中学・高校を卒業して大学に入るまで、僕は差し当たって大した苦労というものをしてこなかった。同級生と見比べても、割合すんなりと学生生活を歩んできた方だ。勉強だけをしていればいい身分だった上に、学校という閉鎖した枠の中では、僕の人の眼を避ける術《すべ》は十分に通用した。しかし、何かと物入りな大学生活を過ごしていくためには、バイトをしてわずかでもお金を稼ぎ出す必要があった。そこで初めてわかったのだ。一般社会では、僕の術が通用しないことが。僕は数多くのバイトに手をつけてみたが、どれも長続きはしなかった。人と一緒に仕事をすること。そして、人の眼を避けること。僕はこの二つをどうしても両立させることができなかった。人に仕事を指導され、それを人と協力して遂行していくという過程で、人の眼を避けることは紛れもなく不可能であった。人の眼を見ると、たちまち響くあの嫌な音。心が暗く滅入りがちになる度に、僕はバイトを転々としていったのだ。

こんなにバイトをするのが自分にとって苦痛なのであれば、何もせずに大学生活をやり過ごせばいいじゃないか。と思っていた矢先に出会ったのが、このバイトだった。仕事内容も簡単に覚えられるものばかりで、夜勤に一人で店を任されるまで、それほど時間はかからなかった。それ以降は水を得た魚のように、僕は週三回の夜勤に精を出していったのだった。

ドクン。ドクン。

一人はいい。朝っぱらから店長の眼のせいで、この忌《い》むべき音に悩まされているというのに、僕は大学を卒業するまでこのバイトを続けるつもりになっている。この二十分程度のお説教さえ我慢すれば、心地好《よ》い孤独を満喫する権利が得られるのだ。しかもお金を稼ぎながら。この仕事は僕の天職なのかも知れない。もし許されるのなら、大学を卒業後もこのコンビニに就職して、死ぬまで夜勤をやっていたい。店長の眼以外は、人の眼を見なくて済むという利点。僕にとってこんなに嬉しいことはない。とにかく、何が何でも人の眼なんか見たくないいんだ。この音から逃げきってしまいたい。

ドクン。ドクン。

まだしつこく店長の声が控え室に鳴り響いている。まあいい。どうせもうすぐ二十分たつ。間もなく店長が息切れする頃だ。この音も直ぐに鳴り止む。後は眠たい眼を擦《こす》って、朝の眩しい光を浴びながら家路につくだけ。ベッドに入ってしまえば、完全に人の眼から逃げられる。深い闇の中に潜りこめば、あの嫌な音も聞こえなくなる。この中に、いっそ永遠に溶けこんでしまえれば……。何も見たくないいし、何も聞きたくない。闇の奥底で不変の孤独を手に入れられたら、どんなに幸せだろう。

…………。…………。

実現不可能な空想を張り巡らせているうちに、あの音は止んでいた。穏やかな安堵感に包まれながら、いつものように僕は店のエプロンを脱ぎ捨て、小走りで更衣室へと駆けこんでいった。

第二章　他者

　考えてみれば、僕には友達らしい友達が一人もいない。当たり前だ。人の眼をまともに見れないのだから。到底、友人らしい会話や遊び、コミュニケーションなどが成立するはずもない。普通の人間なら、こういう資質を備えていれば、周囲の眼から見てもその存在は際立ってしまい、何かと攻撃の対象となるに違いない。だが僕の場合、全くそういうことが無かったのだ。というよりか、周囲の人間が僕に対して、攻撃する気が失《う》せるような態度を、僕が意図的にとっていたから、と言った方がいいだろう。奴等には『自信』さえ見せつけてやればいいのだ。たとえ心の中で、どんなにオドオドビクビクしていたとしても、それを外側に漏らさなければ、まず大丈夫。外面《そとづら》だけでも自信たっぷりの表情をしていれば、群れから逸《はぐ》れていても奴等は何も言ってこない。こいつはこういう奴なんだ、と奴等は集団という自分達の存在と対比させて、孤立無援という僕の存在を、認めざるを得なくなってしまうのだ。僕はそういう態度をとってしか生きることができなかった。大多数の人間と異なる行動をとっていたとしても、動揺したり不安になったりすることなく、自分の行動に自信を持つことが、人間の誇りであり尊厳であることも、わずかな知識しか持ち合わせていないが、僕はよく理解しているつもりだ。大体、僕の人格を冷静に分析すれば、集団から孤立してしまうのも、やむを得ない話だ。それなら、そういう自分に自信を持つこと以外、僕に選択肢は残されていないじゃないか。僕の生き方は正しいのだ。間違いなく。一本しかない道に沿って、素直に歩いているだけなのだ。誰が僕の生き方を咎《とが》めることができる？　誰もできるはずがない。得体の知れない化け物に崖っぷちへと追いつめられたあげく、その先には一本の吊り橋しか無かったら、誰だってそれを渡るだろう。僕に他の道を探せとでも言うのか？　谷底に身を投じることぐらいしか思いつかないぞ。結局、その一本の道を進んでゆくしかないのだ。それは正しいことなのだ。やわく、もろいその橋の定員はたった一人。それ以上乗れば、縄がちぎれて谷底に真っ逆さま。吊り橋の上では、人と意思疎通など決してはかれないのだ。これからも死ぬまで一生、吊り橋の上にいるであろうこの僕に、親しい人がいないのも当然のことなのだ。

「店員さん」

また惚《ほう》けてしまった。いつものことだ。僕はバイト中であろうが、平気で心の中でよく内省をする。そのため買い物にやってきた客の声によって、しばしば我に返らされるのだ。この客もまた、やる気のない店員だと言わんばかりの眼で、僕を睨んでいるのだろう。客の眼を見ずともよくわかる。

こんな時、僕は決まってこう言うのだ。

「すみません、お客さん。ちょっとボーッとしちゃって」

正直に言うことは意外と有効的だ。ほとんどの客は僕に親近感を持ち、そして文句も言わずに、おとなしく品物を買って帰ってくれる。この一言で、僕は客《ひと》の眼から逃れられるのだ。こういう場合の対処法ぐらい、完成されたマニュアルとして僕は体得しているのだ。

「店員さんってば」

わかった、わかった。そんなに焦らなくたっていいよ。僕はあなたに不快感を与えないような言葉をちゃんと用意しているんだから。

「すみません、お客さん。ちょっと……」

驚くべきことに、僕はいつもの台詞《セリフ》を最後まで言いきることができなかった。激しい怒声に、僕の声はかき消されてしまったのだ。

「店員さんっ！　さっきから一体私が何度声をかけたと思っているの？　十回よ、十回！　店員さんってば、私の呼びかけに全く耳を貸す気配がないんだもの。店員のくせに客を何だと思っているのよ！　いいえ、そんなことは問題じゃないわ。この私が十回も声をかけて振り向かない男の子なんて、この世にいるはずないじゃない！　どうしてくれるの！　これじゃあ、私の女としてのプライドがズタズタよ！　君って女を見る眼がないのね。こんなに魅力的な女の子が十回も声をかけてるのに、知らんぷりだなんて。男として失格ね！　ねえ、店員さんってば聞いてるの？　店員さんっ！」

ドクン！　ドクン！

見てしまった！　人の眼を！　何てことだ。まだ夜中の二時だぞ。店長のお説教が始まるまで、時間はたっぷりとあるんだ。何でこんなに早く人の眼を見なくちゃいけないんだ？　しかも今までに耳にしたことがない激しさで、あの音が頭に鳴り響いている！　急いでこの音を鎮めなくては。と思ったって、この音が簡単に鳴り止まないことは、自分が一番よく知っている。もうすぐ、頭痛とともに吐き気や眼眩《めまい》が襲ってくる。もしかして、今度ばかりは、僕は失神してしまうんじゃないのか？

ガタン！

信じられない！　失神どころか頭痛が起こる間も与えずに、その女はレジのテーブルに足を乗り上げて、僕の襟首を両手でぎゅっと掴んできたのだ！

「さすがの私も堪忍袋の緒が切れたわ！　いつまでもボーッとしてんじゃないわよ！　この店員っ！」

それは僕が自分で言う台詞《セリフ》だったんだよ！　とうとう僕も、怒りに満ち溢れたこの女の眼と言葉に触発された。あろうことか、自分の感情をぶちまけてしまったのだ。

「ちょっと待ってくださいよ、お客さん！　何も首根っこまで掴まえることないでしょう！　そりゃあ、お客さんが何度も呼んでいるのに、惚《ほう》けていた僕は確かに悪いですよ。だから、ちゃんと謝ろうと思っていたんですよ。それなのにレジにまで乗り上げてくるなんて……常識外れもいいところじゃないですか！」

「何、自分のミスを正当化しようとしているのよ！　店員が客に逆らえるとでも思っているの？　どんなに言い訳したって、君に反論の余地なんか無いわよ！」

「お客さんの言っていることはすごくよくわかりますし、正しいと思います。でも店員だって人間ですよ。多少のミスを許容することも、あなたの懐《ふところ》の深さに繋がるんじゃないんですか？」

「むかつくわね！　理屈で反論しないでよ！　私はただ、この缶コーヒーを飲みたかっただけなのよ！　何で缶コーヒー一本ぐらいのことで私をこんなに怒らせるのよ！　絶対許せない！」

ドクン！　ドクン！

まだ僕を見ている。これまで様々な人の眼のせいで、この音に悩まされてきたが、こんな音は初めてだ。急激に降って湧いた天災。感情機能が麻痺してしまいそうだ。それにしても何て眼をしているんだろう。真紅という形容が相応《ふさわ》しい。燃え盛る炎のように、戦闘的で攻撃性を帯びた眼。だめだ、やばい！　このままじゃ、僕は本当に潰されてしまう！

そう思ったと同時になぜか突然、女は僕の襟首を掴んでいた手を焦るように振り放し、乗り上げていた足までをも床に降ろしてしまったのだ。僕はその勢い余った唐突な行動に、思わず後方へとのけぞってしまった。そしてその直後、僕とこの女の二人しかいなかったコンビニのドアから、新たな客が入ってきたのだ。

「カナコ、何してんの？　早くしないと練習始まっちゃうよ」

どうやら、女の友人らしかった。女はさっきまでの高ぶるような怒りをあっという間に鎮め、そしてぶっきらぼうにこう言い放ったのだった。

「いくら？」

「百二十円です」

いつものように、今日発売の雑誌を運んだトラックがやってきた。朝焼けの陽射しを背に浴びながら、重い雑誌の束を肩に担ぐ三十半ばの男は、僕にとりとめのない挨拶をすることを慣例としている。

「今日はいい天気になりそうだね」

普通の人間なら、こういう気候の感想をきっかけにして、人間関係をスムーズにするための世間話を始めていくのだが、もちろん僕は例外である。

「そうですね」

トラブルを起こさずに話を切ってしまいたいのなら、この一言が一番成功率が高いだろう。相手に対する共感を少しも孕《はら》まない僕の言い方も、うまくいく大きな要因となっている。ほとんどの人間がその一言の後、言葉を失ってしまう。しかも、それほど気分を害さずに。

僕は自らのパターン通り、それを口から発しようとした。しかし。それが喉から出てこなかったのだ。僕の心の中では何のためらいも無かったのだが、唇の筋肉が言うことを聞かなかった。拒否反応だ！　あの女のせいだ！　僕がしゃべり出すと、またあの大きな声で怒鳴られ、憎しみに満ちた眼で睨まれるんじゃないだろうか？　そういう不安が、僕の意識下に植えつけられてしまったのだ！　もうかれこれ数時間が経過しているというのに、まだあの時の恐怖が僕の心に染みついている。それにしても何だったんだ、あの女は？　あいつの行動はよく考えてみると極めて異常だ。いくら僕が十回も呼びかけに応じなかったからといって、普通女の子がレジのテーブルに飛び乗るか？　しかも缶コーヒーたった一本で。それよりも信じられないのは、この僕が自分自身の感情を曝《さら》けだしてしまったことである。失敗というより他はない。本当は、僕は常に怒ったり、泣いたり、笑ったりしているのだ。でもそれは、僕の心の中だけでのことなのである。実は、僕はかなり喜怒哀楽の激しい人間なのだが、まずそれを表には出さない。なのに、それが不覚にも出てしまうなんて……。しかも人の眼を見ながら。ようやく頭痛だけは治まった。失神までいかずに済んだのは幸いだ。あの女の眼。当分は頭から離れないだろう。今更ではあるが、なぜあの女はあれほどまでの怒りを顕《あらわ》にしたのだ？　僕には皆目わからない。まあ表に感情を出さない人間が、偽りなく出せる人間の気持ちなどわかるはずもないのだが。女の友人らしき人間が練習とか何とか言っていたが、あんな真夜中に何を練習するんだ？　そういえば、あの女の名前を呼んでいたな？　確か、カナ……何だっけ？

そうこうしているうちに、もうお馴染みのお説教の時間となった。一日であの音を二度も聞くことになるなんて思ってもみなかった。勘弁してくれ。今日は身も心もくたくたなんだよ。五分持つかどうかさえもわからない。そうだ！　いっそのこと、これを機会に眼を開けながら眠る練習でもしてみようか。人間、土壇場になれば、やってできないことはない。それに今日はこれだけ疲れが溜まっているんだから、案外簡単に眠れるかも知れない。これがうまくいけば、もう人の眼に悩まされずに生きれるじゃないか！　やってみる価値はある。

人間は窮地に追いつめられると、支離滅裂で無茶苦茶なことを考えるものである。どうやら僕もその一人であったようだ。なるほど。僕もそこそこ人間らしくもあったりするわけだから、それはそれでよしとしよう。

僕は頭で思い描いた通り、自分の眼線を下向き加減にして店長と向かい合わせになりながらも、ばれないように眠りにつこうとした。

やった。意識が遠のいてゆく。徐々に薄れていく店長の口振りでは、僕が眠りかけていることがばれていないみたいだ。これで僕も、晴れて人の眼から解放される……。

そしてまさに、熟睡状態に突入しようとした瞬間、店長の次のたった一言で、完全に夢から覚めさせられてしまったのだった。

「ユウ！　また釣銭を間違えただろう！」

やられた！　あの女め！　と思った時にはもう遅かった。レジを調べてみると、確かにお金が百二十円足りなかったのだ。

第三章　道

初夏の大学のキャンパスには、四季の織り成す情景にあまり心を動かされない僕をも、爽やかな気分にさせる力がある。一回生は入学して初めての夏休みを前に、アルバイトや旅行の計画などに胸を弾ませている。学生姿が板についた二、三回生も、やはり真夏の長期休暇とあっては口元を緩ませないわけにはいかない。さすがに四回生だけは不況のあおりを受けて、新調したてのスーツに身を包み、就職活動に慌ただしい毎日を送っている。この季節、学内を見渡せば、生き生きと活気づいているのは明らかなのだ。

いつからわかるようになったのだろう。人の顔を見ずとも、人の気持ちがわかるようになったのは。人が何を考えているのかを知ろうと思えば、まず顔の表情を見て読み取ろうとするのが常識的判断だ。人が怒った顔をしていれば、その人を和《なご》ませることに懸命になったり、泣き崩れた表情を見れば、何とかして慰めようとしたりする。そういう過程を経て、人は感受性を養い、情緒というものを身につけてゆくのだ。つまり、人の顔を見れない僕には情緒というものが極めて乏しい。しかし、その代償として僕は、他の人間が持ち得ないであろう能力を身につけてしまった。人の感情を、気配だけで読むことができるのだ。大げさに言えば、僕は眼を閉じていても、肌でそれを感じとってしまう。おそらく、人の顔色を見てその状況に応じた的確な判断を下す、という思考形態を手に入れられなかったがために、相手の情動に敏感な触覚が発達したのだろう。僕は感情に関しては獣《けもの》じみている。

今すれ違った二人連れの女の子達、随分とはしゃいでいるな。どうやら、好きな男の子の話題で持ち切りみたいだ。向こうの青いベンチに一人で座っている男、人の輪の中に入り損ねたのがありありと感じられる。あの様子じゃ、授業にもあまり出ていないのだろう。この右脇の自動販売機でウーロン茶を買った初老の紳士、すましてはいるがかなり苛々《いらいら》しているみたいだ。

僕は高い校舎の屋上に眼線を置いていたにもかかわらず、ありとあらゆる感情の侵入を許さざるを得なかった。それはあまり気持ちのいいものではないが、人の眼を見ない限り、あの音が聞こえることもないのだから、これも自分に課せられた宿命なのだなと、ある程度は諦観している。こんな人間が、今日まで情緒不安定な時期を経験もせずに生きてこれたのも、僕が割と諦めのいい人間だったからだ。自分自身で自分の人格を変えることは、如何《いか》なる才能を持った人間でも、困難を極めるに違いないだろう。人間の人格の方向性を決定する要素は、僕が考える限り、『遺伝』と『幼少期の生活環境』の二つぐらいしかない。『遺伝』に関しては、本人がどうすることもできない領域であるし、学術的にもまだ議論の余地が残されている範疇《はんちゅう》にある。じゃあ、もし手を加えることができるのだとしたら、やはり幼年時代に焦点が向けられるのか？　これに対しても、望みを託すには限界があり過ぎる。仮にもまだ、年端もいかず自我すらでき上がっていない子供が、自分の人格の方向性を選択し、決定する力など備えているはずもない。とどのつまり、それを決めるのは、保護者をはじめとする周りの大人達なのだ。彼等が自覚していなくとも、その些細な言動や立振舞いを、子供は吸収していく。そして少しずつ、しかも着実に、その人間の導かれる方向は絞《しぼ》られてゆくのである。

めでたく幼少期を抜け出し、ふと周りを見渡せば、誰もが変わることのない決定づけられた方向に向かって歩いている。運良く優しさを得た者は、それに包まれた道を歩き出す。憎しみに溢れた心を背負ってしまった人間は、その情動に相応《ふさわ》しい修羅道に足を踏み入れるだろう。また、そんな感情の揺れを学ばずに済んだ人達は、偶発的事故にさえ出あわなければ、穏やかで平坦な街道の通行を許されるのだ。

そして、他人の感情をあまりにも鋭敏に嗅《か》ぎつけてしまう心を授かった僕は、その行先で誰ともすれ違うことのない、要するに人っ子一人いない道の入口に送られてしまった。そこは足元すら肉眼で確認できない暗闇の世界。みんな、互いに異なった感情を手に入れ、個々にいろんな道を歩んでいるが、その旅の途中では、必ず誰かの道と交錯し、そして誰かと出会っている。優しさが咲き誇る道を歩む者と、修羅道をひた走る者が出会ったなら、烈火の如き憎しみを抱えこんでいた人間は、相手の温順さに心癒《いや》されることもあろう。悲しみに打ちひしがれた者同士が鉢合わせになれば、その悲しみをさらに倍加させる悲劇を引き起こすかも知れない。ほぼ全員が複雑に絡まり合う道々の中で、相互に影響を及ぼし合っているのだ。

そんな無限にちりばめられたドラマの中から、僕一人だけが蚊帳《かや》の外に放り出されてしまった。僕の道だけが、誰のどの道とも決して交わることがないのだ。もし交われたとしても、光の届かないこの世界では、僕が他人の道に気づくことはあり得ないし、相手も闇に紛れた僕を見つけるなんてことは、絶対にないのだ。

僕はこの学内の並木道を歩き続けた。確かに今、あまりにも多くの他者の感情を感じてはいるものの、僕自身はそれらに左右されたり、揺さぶられたりはしていない。なぜなら、僕は闇を歩いているから。感じてはいるが、見えてはいないのだ。他者の心深くに存在しているものが。僕にはわかる。人は皆、自分の中にしか存在しないものを持っている。それは優しさであったり、憎しみであったり、幸福であったり、悲しみであったり、また非凡さであったり、あるいは平凡さであったりするのだ。ましてや人が、己《おのれ》と同じそれを他者の中に垣間見ることなど、できるはずもないのである。

だが人は、自分と同じものを他者の中から見出せなくても、その他者の中から、その他者自身しか持っていない自分とは異なるものを、発見することはできる。その見つけたものをどうするかはその人の自由であって、それを謙虚な気持ちで自分の中に取り入れる者もいれば、真っ向から拒否の姿勢を貫く者までいる。そして人は変わったり、変わらなかったりするのだ。だが僕だけは、変わることもできないし、変わらずにいることもできない。僕は他者のそれを感じることはできるが、本当にそれがどのようなものなのかを、確認することができないのだ。光の閉ざされた世界を闊歩《かっぽ》する僕に、他者のそれが見えるはずもないだろう。せいぜい、それを覆っている表面的な感情を感じる、というか聞くことぐらいだ。だから余計に、僕は人の感情を聞くことに長《た》けてしまったのだ。ほら。歩けば歩くほど、人々の感情が続々と僕の心に押し寄せてくる。

無理もないか。気がつくと、大勢の観客で埋め尽くされた野外ステージの、すぐ傍らに辿り着いていてしまった。こんな感じで大抵どの大学にも、学生が活発に活動しやすくなるための場が設けられている。文化祭などの大きなイベントがある時節を除けば、通常は学生同士の語《かた》らいや昼食の場に利用されるのだろうが、うちの大学は多方面に及ぶ芸術や文化に熱心なところがあって、学生の気持ちがあまり大学には向いていないこの夏場であっても、学外から様々な団体を呼び寄せて、絶えずこのステージを賑わせているのだ。

どうやら今日は、どこかの劇団が演劇を披露しているみたいだな。遠くから見た感じ、出演者の服装からしても現代劇のようだ。みんな、今風の小洒落《こじゃれ》たファッションを身に纏《まと》っている。平均年齢は二十歳前後といった頃合《ころあい》。ちょうど、観客である学生達と同じ世代なのだろう。こうして離れた位置から観察する分には、あの多くの客達の視線は僕に襲いかかってこないので、あの嫌な音も聞かずにいられるし、何より楽だ。でも人々の感情だけは、残念ながら僕の心に届いてしまう。

元来、役者という職業に従事している人間は、日常生活の中で、自分をあまりうまく表現できない人間が多い。自己顕示欲が強いだの、一攫千金を狙いたいだのと、人によって理由は千差万別だと思う。それでも、ほとんどの俳優・女優達がある役を設定することにより、それに従って、いつもの自分とは違う人間の感情を発露する行為に、快楽を求めようとしているに違いない。それにしては。甘いよ、みんな。この舞台上の役者達は、本来持っている自分自身の感情を全然拭《ぬぐ》いきれていない。観客は騙《だま》せても、僕は騙せない。彼等はその役になれていないどころか、なろうともしていない。みんな、自分の感情を捨て去れるほどの器じゃないんだ。そもそも、それに値する人間がこの世にいるの？　誰も踏み外せるわけがないよ。あらかじめ定められた自分自身の道から。闇の世界にいる僕の側《がわ》から見た光の世界の動向は、眩《まぶ》し過ぎるほどによく見える。いままで、幾多の他者の感情を感じてはきたものの、自分の感情から自らを遊離させることができた奴なんて、唯の一人もいなかった。やめときなよ。どんなにあがいたって無駄無駄。ここにいる銘々が歩む道は、互いに刺激を求めてぶつかり合うことはあっても、最後にはまた、最初に向かっていた方向へと戻り始めるのだ。

それが道というものだ。闇に影を潜める僕だからこそ、わかるのだ。

そろそろ僕は、家に帰りたい気分になった。今夜の夜勤に備えて、少しでも寝溜《ねだ》めをしておかないと。僕はまだ若いのだし、たとえ一晩、一睡もしなかったとしても平気だ。だからもう少し、この誰にも干渉されない昼下がりの緩やかな微睡《まどろ》みの中に、身を委ねてもいいのだが……。やっぱり帰ろう。いくら人の眼は避けられていても、これだけたくさんの観客がいるのだ。こんなに多くの感情を一遍に聞けば、この僕でも多少は疲れる。言うまでもなく、人間の感情は個々様々。クラシックと演歌とジャズを同時に聴けば、誰だって気分がむせ返るはずだ。劇の方も、間もなくカーテンコールの時間だ。役者達はクライマックスへ向けて、舞台の熱気を高揚させ始めた。演じている者全員が全神経を張り詰めて、ありったけの若さと情熱を客席にぶちまけている。がんばれよ。と言うつもりはさらさらないけど、無理しなくていいんだよ、程度の言葉はかけてあげたいな。自分の行先を選択し、そして自分でそれを決定しようとするとは……。なんて大それたことを！　そんなにしゃかりきにならなくたっていいんだよ。とっくの昔に、君達が向かう方角は決まってしまっているんだから。もしかしたら、生まれる前からも。

直後だった。彼等が演技を終わらせた直後、そして観客が拍手喝采を始めた途端に。ステージ上にいた一人の役者の感情が……消えた。完全に。そんなバカな!?　この僕が感情を読み逃がした人間なんて、一人として存在しなかったんだ！　それにほんの数秒前まで、その人間の感情は確かに存在していたんだぞ！　さっきまで、ちゃんと読みとれていたんだ！　しまった。あのステージが僕からあまりにも遠く離れ過ぎていて、どの役者の感情が消滅してしまったのか、さっぱりわからない。本当に今し方まで、あそこには感情が七つあったのだ。それが今はいくらがんばっても、六つしか感じとれないのだ。なぜだ!?

知りたい！　だがステージに近づくためには、あの大勢の観客の中に飛びこまなければならないじゃないか！　それが何を意味するのか？　答えは自ずと見えてくる。

その未来を予見し、顔を青ざめさせていた僕の表情とは裏腹に、僕の足は勝手にステージの方へと動き始めていた。まずい！　あの人の眼の群れ！　確実に僕の意識はぶっ飛んでしまうぞ！　僕は、自分の心が多くの人の眼に襲われてしまう直前に、緊急な対応処置を施した。眼を閉じる。予想通り、僕の体は多くの他者の体や客席の椅子に、ことごとくぶつかった。響きわたる悲鳴と、僕の肩に掴みかかり、ぶん殴ろうとする殺気立った人々の気配。いくら僕が闇の世界の住人とはいえ、本当に眼蓋《まぶた》を閉じて光を遮断してしまうと、光の世界の住人から、このような攻撃を受けてしまうのは当たり前だ。やっぱり僕は、他者が自分の眼の前に存在することすら、確認できない暗闇に、一生その身を溶かし続けるしかないのか？　もし僕が、光を浴びる資格のある者であったなら、その輝きによって、僕の行先をはっきりと照らしてもらえたというのに。

僕は道を持っていないのだ。

やっとの思いで、僕はこの人混みをすり抜けられた。自分の背丈もないステージに、自分の体がぶつかる気配。僕の奇行にあきれて去っていく人々の気配。僕はこの両者に挟まれた。眼を開けるなら今だな。そう判断は下したが、それを実行に移さなかった。僕は立ち止まった。首筋には太陽の光を、そして、耳たぶには昼下がりの涼しげなそよ風を感じていた。視界を封じたままでいると、自然の動きと流れを明確に読むことができる。故に、僕の前方に残っていた六つの感情も、とっくに消えていたことに気づいたのだ。僕がステージに辿り着く前に、舞台は幕を降ろしていたのだった。

僕は役者も客もいなくなったステージで、未だ眼を開けずに、考え続けていた。六つの感情が消えた理由は、六人の役者達がその場を去ってしまったから、という誰もが納得のいくものだ。しかし。最初に消えた、たった一つの感情だけは、本当に、すうっと、一瞬でここから消えてしまったのだ！　その人間を残して。消えた瞬間、確かに役者は七人、ステージにいたのだ。だが感情の数は突然、七つから六つになってしまった。僕ははっきりとそれを察知した。こんな訳のわからない話があるか？　道は誰の心の中にも続いている。その人間の道を彩るその人間の感情が失われるのは、無論、そいつが死に直面した時だけだ。それがその生きた人間を置き去りにして、忽然とゆくえをくらましてしまうなんて……。

「警備員さん！　こっちです！」

僕は割と諦めのいい人間である。逃げようなんていう気は微塵もなかった。僕の無法者ぶりに危機感を抱き、大方、観客の誰かが呼んできたのだろう。もちろん、僕は言い訳も用意しているし、事を穏便に運ぶ才覚も備えている。ぼくは振り向き、相手と眼が合ってしまわないように、伏し眼がちになりながら、眼を開けた。二、三分で終わるはずだった。はずだったのに。

「今日は一回で振り向いてくれたのね」

第四章　自分隠し

「百二十円返してください」

「あら、どういう意味よ？　それって、私がまるで缶コーヒーを万引きしたみたいな言い方じゃない？　私はちゃんとレジまで行って、バーコードでチェックしてもらって、もちろん百二十円も払ったわよ。百円玉と十円玉も財布にたくさんあったから、過不足なくきっちり、百二十円渡したわよ。私、おつりが嫌いなのよ。いちいち面倒だから。消費税込みで、四百九十九円の品物を買うとするわよね。それで五百円渡せば、一円のおつりをもらうんだけど、手を出して受けとるという動作だけで、一円以上の労働力を消耗してしまうでしょ。やっぱり辻褄の合わないことよね。だから私、小銭はいつもたくさん持つようにしているのよ」

「今日はあなたの方が理屈っぽいんですね。僕に言わせれば、小銭をかき集めている時点で、すでにその小銭の合計金額以上の、労働力を消耗していると思いますよ」

「言うと思ったわ。君が私の嫌いなタイプの人間だってことを、もう一度改めて再確認してみたかったのよ。私が君をからかう形になってしまったみたいね。いつもの私なら、こんな言い方しないわよ。元々、私は直球派の人間なんだから」

「僕にはあなたが無理をして、いつもの自分を隠しているようには見えなかったですよ。偽っていたとしても、実際あなたは理が立つ人間です。そんなあなたが、本当は他人にストレートな言葉を投げるタイプだなんて……。普段の方が、無理してるんじゃないんですか？」

「いい加減その敬語やめてくれない？　見た感じ、私と君って、ほとんど同い年でしょ？　最近の男の子にしては、君は鯱《しゃちほこ》張り過ぎなのよ。今は店員と客の間柄じゃないんだから。それに、私みたいなカワイイ子に敬語なんか使ってたら、損よ損。絶対、損。私と親しくなんかなれないわよ」

「また話を逸《そ》らしましたね。僕が敬語を使おうが使うまいが、それは大した問題じゃないんですよ。要は百二十円返してくれさえすれば、それでいいんです」

「あら、どういう意味よ？　それって、私がまるで缶コーヒーを万引きしたみたいな言い方じゃない？　私はちゃんとレジまで行って、バーコードでチェックしてもらって……」

「笑えないです、全然」

「言うと思ったわ。君って、本当に受容って言葉を知らないのね。君はそれなりに、多少頭がいいのかも知れないけど、こういう低レベルな冗談も受けとめられないようじゃ、所詮世の中渡っていけないわね」

「おおきなお世話っていうのは、こういう面識のない人間から、的外れな指摘をされるようなことを言うんですね。御心配なく。世の中は様々なタイプの人間で構成されています。必要なんですよ。僕みたいに、物事に対して無味乾燥に対処していく人間も。僕が座るべき席は、ちゃんと用意されているんです」

「楽観論者、っていう呼び名で片づけていいのかしら？　いかにも学生らしい意見ね。オーソドックスな言い方するけど、世の中そんなに甘くはないわよぉ。もし、その席が本当にあったとしても、君が絶対座れるとは限らないじゃない。君より優秀な、その無味乾燥に対処していく人間、ってのが他にもたくさんいたら、どうするつもり？　君は若いんだから、まだまだ世間の広さを知らなくちゃね」

「世間は狭いですよ。僕とあなたの出会い方一つをとってみてもね」

「今、気を抜いたでしょ！　語尾が敬語じゃなくなってたわよ。やっとミスをしたわね。でも、そっちの方がすごくいいよ！　君の場合は、少し意識して、子供っぽさを漂わせた方がいいかもね。失敗を招こうとせず、隙も作らないしゃべり方する人って、聞く人は疲れるし息苦しいと思うわよ」

「この間の剣幕に比べたら、今日は随分と穏やかで、理路整然としているじゃないですか。聡明な女性というのは男性から敬遠されがちですが、穏当という側面は人々から愛される対象となりやすいでしょうね」

「おかしいわね。今度は君が話を逸《そ》らすなんて！　これって、お互い触れられたくない部分はあるんだよ、っていう意味？　人間だから当然か。でも君ってちょっと、いいえ、かなりズレてるって感じしない？　友達もあんまりいないでしょう？　筋が通り過ぎてるのよね、君って。言葉の端々にそれが感じられるわ。周りの人達を見てごらんなさいよ。みんなもっと気楽に、適当に、感情の赴くままに生きてるわよぉ。他人には気を使いなさい、人様の顔色を窺《うかが》って行動するべきだ、なんて苦言する人がよくいるけど、そういう人に限って、機嫌が悪くなればすぐ怒るし、自分だけが面白ければ、状況が悪化する危険を顧みず、下品に笑い転げるし、挙げ句の果てには、寂しくなったり悲しくなったりすると、すぐ他人に甘えちゃうのよ。世の中ってそんな人ばっかりよ。とにかく君って、間違いなく損してる！　もっと人生楽しまなきゃ！」

「御指摘ありがとうございます。感謝の念で胸がいっぱいですよ。でも、せっかくのあなたの心遣いに、水をさす形になって申し訳ないんですが、僕はこのままでも十分楽しいんです。好きなんですね。自分の人格が。集団の性質を冷静に分析して、自分をどのポジションに置けばいいのか、即座に判断する。いいじゃないですか。友達という概念のものからは、縁遠くなりますけどね。慣れてしまえば、とても居心地がいいんですよ。僕は自分の人格に『愛情』と『慣れ』をたっぷりと注ぎこむ。そういう人間なんです」

「思った通り、というよりもそれ以上の回答ね。うん！　気に入ったよ、君！　私の指摘に反論するだけじゃなくて、自らの持論を展開していくなんて。今の若い子って、他人と反対の主張をなかなかしたがらないじゃない。いつもにこにこ笑いながら、曖昧《あいまい》な会話でお茶を濁す。それと比べたら、君すごくいいよ！　だけど私の評価としては、君に九十点満点はあげられないわね」

「九十点満点?? 百点満点の間違いじゃないんですか?」

「そういう風に聞き返して欲しかったのよ。ありがとう。今度は私の持論を言っちゃうけど、私の考えでは、人間って九十点が満点なのよ。説明しなくても、君ならもうわかってると思うけど、何だかんだ言ったって、人間は不完全な生き物だから。いくら、すばらしい人間だとみんなから認められた人でも、怒っちゃうし、泣いちゃうし、犯罪だって犯すかも知れないし。それが普通だよね。だから人間に百点なんてあげられないのよ。あげると神様になっちゃうもんね。いないわよ、そんな人」

「じゃあ、僕には何点くれるんです?」

「うーん。八十点ってところね。でもこれはすごい点数だよ! だって八十点っていったら、私の中では人格者の域に達してるもん。実際、君がそこまですごい人間だとは思わないけど、その筋の通し方が気に入ったんで、オマケしてあげたのよ。君、ポイント高いよぉ。でもいくらがんばっても、九十点はあげられないわ。だって九十点っていったら、偉人よ、偉人。世のため人のために何かを成し遂げないと、なかなかこの点数はつけられないわね」

「人格者と同等に扱われるなんて、身に余る光栄ですね。でもこう言うと、ますます変な人間だと思われるかも知れませんが、他人から良い評価を頂くというのは、正直言って重いですよ。人は自分の優れた部分に気がつくと、それを守ろうとして、どうしても保身ぎみな生き方になってしまいます。永久に壊れないものなんて、この世に存在しません。いつしか到来する消失という恐怖のために、自分の生きるペースを崩されるのは嫌です。だから九十点なんて僕には要りません。四十五点で結構ですよ」

「四十五点？　君の今の話からすると、零点でいいんじゃないの？」

「僕だって人間ですから、悪い評価をもらい過ぎても落ちこむんですよ。はっきり言いますが、僕は心に一片の揺れも感じたくないんですよ。良い評価はもちろん、僕は悪い評価も欲しくありません。あなたが思う人間の満点が九十点なら、その中間は四十五点でしょう？　違いますか？」

「ホント正直だね、君って！　尊敬の念すら覚えるわよ！　君は自分のこと、わかり過ぎてるのね。でも、却《かえ》ってそれが仇になってるんだけど」

「仇？」

「そんなの、決まってるじゃない！　さっきも似たようなこと言ったけど、普通の人って、マジで何も考えてないんだって。君みたいな人間って、生きるの苦しいと思うよ。他の人達なんて、生きるのなんか朝メシ前！　って感じでやってるっていうのにさぁ」

「苦しみというものは、生まれながらに天から授かったものとして受け入れてますから。大丈夫ですよ」

「ほら！　その時点で、もう違うのよ！　普通の人と。人間は自分が苦しむような状態には、絶対に持っていかないようにできてるのよ。苦しみは避けるものなんだから！　それをそのまま受け入れてる人なんて君ぐらいのものよ。君なら避けられるはずなのに！」

「避ければ、苦しみは追いかけてきます。飲みこむしかないんですよ」

「だから、いい加減その敬語やめなさいよ！」

「じゃあ、やめよう」

「えっ？」

「本当は最初からできたんだよ。普通にしゃべることぐらい。君があんまり突拍子もなく現れるもんだから、ちょっとからかってみたくなっただけだったんだよ」

「どうして、からかいたくなるのよ？」

「そりゃあ、君に恨みつらみが山ほどあるからに決まってるじゃないか！　真夜中に突然ケンカをふっかけられるわ、レジのお金が足りなくて店長に怒鳴られるわ、疲労がたたってその日の授業に出られなくなるわで、平凡な僕の日常を、思いっきりかき乱してくれたじゃないか！　君はわめくだけわめき散らして、勝手気ままに、そ知らぬ顔で帰っていったくせに！」

「ユウ。何度も言うようだけど、私はちゃあんと、百二十円払ったわよ」

「ちょっと待てよ」

「ああ。なぜ呼び方を変えたかって？　ユウが、私に対する呼び方を『あなた』から『君』に変更したからよ。このまま私も、ユウを『君』って呼んでたら、二人とも『君』『君』って、なんか変でしょ？　だからよ。おかしかった？」

「違う！　そんなこと聞いてるんじゃない！　何で僕の名前を知ってるんだよ！」

「何言ってんの？　ユウはしょっちゅう、朝から店長に怒鳴られてるじゃない。店先にまで、大きな声が響いてるわ。知らないのはユウだけよ。でもそれを考えると、やっぱり私がユウに恨みつらみを持たれる筋合いはないわね。だって、ユウが店長に怒鳴られるのは、いつものことじゃないの？　それにさあ、女の子にケンカを売られたぐらいで疲れちゃうなんて、ユウのエネルギー不足、タフネスさの欠如だよ。私に原因があるわけじゃないわ。うん！　やっぱり私は悪くない！　どう？　私の筋の通し方もなかなかのものでしょ。ねっ、ユウ！」

「もういいよ」

もういいよ、本当に。なんて、何の意味も実効性も無い会話なんだ。僕が知りたいことは、一点に尽きる。なぜ君は、あの舞台終了直後から、さらに僕と会話をしている今でも、ひたすら感情を消しているんだ？　君の方に振り向いた瞬間、すぐにわかったよ。だから、いつもなら適当に終わらせている他人との会話も、無理して続けているんじゃないか！どうしてそこまで、自分自身を隠し通せるんだ？　一体、何のために？　しかしそういう僕も、今の会話はもちろん、常に自分を偽って生きてるのだから、あまり人のことをとやかくは言えないのだが。それでもやっぱり、歯がゆさがしつこく残ってしまう。人の感情を読みとれてしまう僕。故に僕は、たった一人だけ、なぜか心の見えないこの女をキャッチしてしまったのだ。その他大勢の中において、希《まれ》にみる異質さを匂わす彼女。この女の言葉をそのまま返して言ってやるが、感情を圧《お》し殺すには、相当なるエネルギーとタフネスさの装備が絶対条件となる。ここまで言っておいて何だが、感情を隠している人間は、意外とたくさんいるものだ。人間の聖なる場所から湧き出る激情を、そのまま放出していれば、社会がすんなりと回ってくれるはずもないのだから。奇なる事実は、感情を抑えるのではなくて、消す人間というものを眼《ま》の当たりにしたのは、この女が初めてだということだ。漏れるぞ、普通。和やかなムードを保ちたいがために、怒りを抑えている人間には、ピリピリとした僅かな殺気が漂ってしまうし、悲哀を噛み砕いて、笑顔を装っている人の眼尻には、微《かす》かに涙が溜まるものだ。それが自然な人間の姿なのだ。なのに、この女はおかしい。僕には、自分が他人とは違う種類の人間だという、はっきりとした自覚があるので、自分自身に関して、特別な危惧を抱いていない。しかし、この女には自覚というものがまるでない。もしかしたらこの女、自覚はしているのだが、そんな気持ちすらも、僕が知覚できない世界に封印しているんじゃないのだろうか？　僕は、そこまで成し得る巨大な才能の可能性を、この女に見出そうとしている。それも致し方ないだろう。あの夜、あれだけ激しい感情を放っていた人間が、今度は打って変わって、ひとかけらの心も漏らさない女になっていたのだから。この女、まだしゃべり続けているな。僕はもう、違う事柄に思いを馳せているというのに、気づいていないんだね。僕の演技力も、なかなかに通用するものだな。当然、あの舞台の役者達よりも。僕もよくやるよ。こんなに長時間、人の眼をかわしながら会話をしたのは、生まれて初めてじゃないか？　かなりの精神力と体力を消耗しているはずなのに、まだ会話をやめないなんて、自分にほとほと頭が下がるよ。え？　もう帰るって？　ちょっと待て！　君には聞きたいことが山程あるんだ！　まだ本題にすら掠っていない！　ここまでがんばった意味がなくなってしまうじゃないか！　何？　急いでるだって？　この女！　走り出しやがった！　しかも速い！　見る見るうちに引き離されていくじゃないか！　僕は思いっきり声をあげた。

待てよ！　カ……？

記憶というものは、砂の上に指先で文字を記すような愚行なのであって、時がたつに連れ、雨風《あめかぜ》などのせいで、次第に薄れてゆくものなのである。

第五章　カナコ

カナコは僕と同い年。学年も一緒だ。彼女は高校を卒業した後、進学せず、すぐ劇団に入った。日夜、アルバイトの合間を縫っては、舞台の稽古に励んでいる。進学しなかったのは、学業成績芳しくなかったからではないし、家庭の経済的理由からでもない。事実、彼女は頭の回転が滑らかだし、実家の方もぼちぼち裕福なのだそうだ。また、ごく普通の子にありがちな、親や社会が決めたレールにみすみす乗っかりたくない、といういまいちアイデアに乏しく古臭い反発心も、どうやら彼女には無かったみたいだ。単純に、芝居がしたいという気持ちが、他の何よりも先行していただけなのだろう。同世代の若者の中では、我《が》はかなり強い方である。僕から見れば、こういうタイプの女は、団体行動をとる気がなく、常に群衆からはじき出されてしまい、群れから少しはぐれたその前や後ろを歩いているというのが、妥当な線であろう。だが今のところ、劇団のメンバーとは大きなトラブルも起こさず、うまい具合に協力し合っているみたいだ。平日の真っ昼間から稽古をする連中なのだから、そのほとんどが、真っ当な学業や仕事には就いていない。変わり者の集まりだと考えれば、カナコのように個を主張する人間でも、「それはお互い様だよ」といった調子で、受け入れられ易いのかも知れない。集団のペースからはじき出される苦汁を、団員達が熟知している、と仮定すればの話だが。

カナコがよく口にする言葉。

「ユウって、本当に何も知らないのね」

カナコだって、何も知らないんだよ。お互い、二十年と生きてないんだからね。もし、何か知っていたら恐いよ。老い死にゆく恐怖さえ、情報でしかわからないんだから。

無知は無知で、愛すべき概念であるとは思う。人間には、知らなくてもいいことが多過ぎるのだから。カナコという概念すら知らずにいたとしても、僕は余裕で生きていけたんだから。金銭が存在した上での話だが、人間は食事と睡眠さえ供給していれば、生《せい》を継続させられる。健康体である限りは。

「それはユウが、自分で考えればいいだけの話でしょう」

彼女はあの日以来、何かしらと耳にまとわりつくフレーズを、僕に吐き捨てる。それらは、僕の脳内に記されている五線紙の上を、賑やかに駆け巡る。僕は、うっとうしい他人の指摘や忠告に、一切耳を貸さずに生きてきた。それがたとえ正論であったとしても、自分が生きていくのに不都合な内容であると判断すれば、容赦なく切り捨てた。おかげでいつも、僕の頭の中は、風通しが良く清々《すがすが》しかった。

「ユウが本気でしゃべったら、誰だってまともに付いてこれなくなるに決まってるじゃない」

ポタリ、ポタリ、と僕の中に一点ずつ落ちてゆく黒い染み。それはやんわりと滲《にじ》んでいく。別に構わないのだけれど、まだ慣れていないだけに、どうにも気持ちが悪い。大なり小なり、みんなこの黒い染みにうなされているのだ。そう僕は予測している。たまたま僕には縁遠いものであっただけで。

「ちょっと、聞いてるの？　ユウ？」

聞こえているのは、わかっている。カナコの声が僕の心に沈み入《い》る。その様《さま》は、いつか大雨が降った時に、僕の部屋がひどい雨漏りを被った悪状況と同じ。濁ってゆくのだ。この僕の心に拡がった薄い膜（のようなもの）を剥《は》がさなければならないのかと思うと、もう今から倦怠が押し寄せる。

「今日は四回で振り向いてくれたのね」

今日は四回で振り向く気になっただけだよ。カナコがしゃべりかけているのに、僕はうわの空のままでいる、なんて状態にはもうならなかった。ボーッとしていたら、またハチの巣にされてしまうから。やめてくれ！　僕はそんなに暇じゃないんだよ！　自分のことだけで手一杯なんだ。何で君の劇団の練習のために、この僕が自分の時間を奪われなきゃいけないんだ!?　意味がわからない。こんな変わり者だらけの連中の眼をかわすのが、どれだけ大変か！　君、わかってるの？　わかるわけないか。僕のような人間は、この世界中で、僕一人だけなんだから。

「ユウ。向こうの倉庫から通行人Aの衣装を取ってきて」

何なんだよ!?　通行人Aって！　いくら僕が、腹立たしい空気を醸《かも》し出しても、カナコには暖簾《のれん》に腕押し。常に自分のペースで動き、こっちの事情はお構いなし。僕は、他人の歩調が織り成す速度に、これでもしっかり気を配っているんだぜ。僕は人様に迷惑はかけていない。しかも、自分にも火の粉が降りかからないように。君には僕のそつの無さと器

恐縮ですが
切手を貼っ
てお出しく
ださい

112-0004

東京都文京区
後楽2－23－12

(株) 文芸社

ご愛読者カード係行

書　名				
お買上 書店名	都道　　　市区 府県　　　郡　　　　　　書店			
ふりがな お名前			明治 大正 昭和　　年生　　歳	
ふりがな ご住所	□□□-□□□□			性別 男・女
お電話 番　号	（ブックサービスの際、必要）	ご職業		

お買い求めの動機

1．書店店頭で見て　　2．小社の目録を見て　　3．人にすすめられて
4．新聞広告、雑誌記事、書評を見て（新聞、雑誌名　　　　　　）

上の質問に1．と答えられた方の直接的な動機

1．タイトルにひかれた　2．著者　3．目次　4．カバーデザイン　5．帯　6．その他

ご講読新聞　　　　新聞	ご講読雑誌

文芸社の本をお買い求めいただきありがとうございます。

この愛読者カードは今後の小社出版の企画およびイベント等の資料として役立たせていただきます。

本書についてのご意見、ご感想をお聞かせ下さい。 ① 内容について ② カバー、タイトル、編集について
今後、出版する上でとりあげてほしいテーマを挙げて下さい。
最近読んでおもしろかった本をお聞かせ下さい。
お客様の研究成果やお考えを出版してみたいというお気持ちはありますか。 ある　ない　内容・テーマ（　）
「ある」場合、小社の担当者から出版のご案内が必要ですか。 希望する　希望しない

ご協力ありがとうございました。


〈ブックサービスのご案内〉

小社では、書籍の直接販売を料金着払いの宅急便サービスにて承っております。ご購入希望がございましたら下の欄に書名と冊数をお書きの上ご返送下さい。（送料１回380円）

ご注文書名	冊数	ご注文書名	冊数
	冊		冊
	冊		冊

用さ、スマートさなんて、一生かかったってわかんないよ。

「じゃあ、私の所まで何気なく歩いてきてみて」

いつの間にか、僕は通行人Aの衣装を着ていた。そして反対方向から、通行人Bが忍び足で、僕と舞台上にて交差する。そんな設定が構築されていた。僕の拒絶的な表情は無視されたままで。カナコはその舞台の中央で、腕を組みながら直立していた。彼女が主役という感じでもなかった。僕にはこの芝居の台本すら渡されていないので、確証は無いが、練習を見守り指示している劇団員達の様子から察するに、この劇におけるカナコの役者としての重要度は、おそらく四番手か五番手ぐらいであろう。どう見ても、主役に対する扱いはされていなかった。カナコに一人の劇団員が、かいつまんだ演技指導をしただけで、他の人間はカナコをほったらかしにしていた。彼女は台本を小脇に挟んではいたが、開けて読もうとする兆しもなく、手持ち無沙汰に突っ立っていた。

「私には何の関係も無いわ」

と言っているように、僕には見えた。彼女からは、俗に言う『やる気』に付随した切迫感というものを、あまり感じなかった。かと言って、「何の努力もしないで無気力を飾っているけど、私はそこそこ何でもできるのよ」と訴えているようにも見えなかった。

「私には何の関係も無いわ」

このシーンの練習が始まった。僕もそこに出演している人間の一人なのだが、もちろん、他人事にしか思えなかった。どんな話かも知らされていないのに、どこの誰とも想定されていない通行人として、感情移入しながら歩いてくれだなんて、些《いささ》か乱暴な注文だ。そんな暴挙にも似た強要行為にも特に抵抗せず、それを直《じか》に浴びている自分に気づいてはいたが、知らぬふりをすることにした。頭の中でその現状を察知していても、それに対する打開策を練る時間も余裕も無いことを理解していたから。わかっちゃいるけどやめられない。古風で含蓄のあるいい言葉。人間、諦めが肝心だ。人はいつも自分の能力以上のものを望み、それを求めてしまうから、悩み苦しみ慟哭《どうこく》する。無駄な労力の消耗。意味を成さない時間の浪費。自覚があっても、なかなかその呪縛からは逃れることができない。他人を冷酷に見下ろしただけの言い草だと思われるであろうが、人生というものは、その冷めた部分にこそ、真理が存在するのだ。僕はそれを信じたい。幾分、生意気な若輩者の戯言《たわごと》であったとしても。

「次のシーンの準備をしよう」

十秒とかからなかった。僕が通行人Bとすれ違った位置に、カナコは立っていたのだが、僕に偉そうに指示するだけあって、彼女の演技は達者であった。二人の通行人がカナコの眼前を行き交う間に、カナコが一言ポツリと、言葉を漏らすだけの短いシーンなのだが、「自分には何の関係も無い」という気持ちを上手に表現していた。身振り手振りや表情という表現媒体を利用してではなく、ただ何となく雰囲気だけで。そういう点も僕を感心させた。でも、それ止まり。この程度のレベルなら高校の演劇部員でも、こましゃくれた芸術家気どりの先輩にしごかれれば、簡単に到達できる水準であった。ましてやこの劇団は、現段階ではアマチュアであっても、この殺気立った練習風景から推測するに、あわよくばこれで食べていければ、という野心を秘めた輩が集った、気持ちだけはプロ志向の集団だ。そんな群れの中でカナコは、中堅どころを張っているにしては、魂の張りが御粗末過ぎる。芸術に携わっていく気構えでやっているのであれば、もうちょっと、心の底から叫んでみたらどうだ？　セリフをもっと大きな声でしゃべれとか、大げさな表現をしろとか言っているのではない。もっと自分を出せよ。そうしないと、競争相手達との差別化が図れないじゃないか。大体、独創的表現なんて、生身の自分を人前に晒《さら》すところから始まるのに、台本丸飲み丸写しの演技をしていたんじゃ、世に言う『器用貧乏』で終わってしまう。僕僕が要求しているものは、カナコにとっては非常に酷な代物だ。それが容易にできないから、みんな凡人の域を超えられないのである。友達からは月並みに、「趣味があっていいね」と軽くもてはやされるのが関の山。その域を抜け出せる人間は一握りだからこそ、芸術は成立するのだ。当然、僕自らの経験からではなく、あらゆる情報から得た憶測である。まだ短い人生しか、体験したことがないもので。

「ユウ！　どうだった？　私の演技？」

すっかり忘れていた。そして気づかされた。あの日、彼女から放たれた圧倒的な威圧感、僕にしか聞こえなかった咆哮《ほうこう》、奇妙な感触、のようなものは、今日のカナコからはこれっぽっちも感じなかった。つまり、彼女のくだらない戯れに付き合う理由が無くなってしまったということだ。残ったものと言えば、僕の脳髄にタレ落ちたあの黒い染みだけ。でも、なかなか面白かったよ。染みは念入りに洗い流せば、落ちるしね。僕もどうかしていたよ。一時の電気ショックにも似た衝撃を払拭できなかったがために、この女にすっかり飲みこまれていた。落ち着いて思索してみよう。この女が電灯のスイッチをいじるみたいに、『感情』をつけたり消したりすることが、曲がりなりにもできたとしても、それがどうしたというんだ？　要するに、手の平の十円玉を握りしめて、隠したり出したりする味気ない忘年会の隠し芸と同類項に属するだけ。眼。眼。眼。これだけの実践経験を積めば、嫌でも人の眼を避けるのが上手くなる。さすがに疲れた。もういいだろう。こんな人の海に身を沈めるのは。そろそろ陸に上がるか。やたら上達してしまったので、また潜ろうと思えば、楽にこなせるだろう。しかし見返りも無いのに、自分の貴重な労働力を寄与するつもりは毛頭ない。報酬が疲労感だけなのなら、なおさらだ。

「ねえ、ユウってば」

人の好奇心は永遠に尽きない。というのは迷信に過ぎない。人の心は、必ず冷めてゆくものなのだ。そして激情に駆られた記憶は、次に到来する激情に上書きされ、跡形もなく消滅する。思い返して、その余韻に浸るということは、まず無いのだ。『思い出作り』なんていかがわしい言葉、どこの誰が作ったんだ？

「ユウ」

「さっきから何だよ。僕はいつまで、君に付き合わなきゃいけないんだ？　この一週間ばかりの間に、君の話はさんざん聞かされたよ。もう満足しただろ？　おまけに無理矢理、演劇の練習まで手伝わされて……。これ以上、僕に何を望むつもりなんだよ？」

「あのね」

言ってみても無駄だとはわかっていたが、この女は相変わらず人の話を聞いていない。僕をからかっているだけなのかも知れないが、それは別に構わない。カナコ如きのやり口なんて僕には見え見えで、何の面白味もないのだから。

「私達ってさあ、あれからたくさんおしゃべりしたよね」

うん。君だけね。

「ユウ。私ね、夢があるんだ」

いつかは来ると思っていたけど、やっと出てきたマニュアル通りの決め台詞《ゼリフ》。それ以上は、言葉に還元する必要ないよ。「私、女優になりたいの」「ずっと、好きなことだけして食べていきたいの」「同じ感性の人達ばかりといっしょに居られたら、気分いいよね」代わりに僕が言ってあげる。唇を動かすのも、いちいち面倒臭いだろ？　あーあ、がっかりした。やっぱりカナコも普通の子か。無数の眼をかいくぐって追いかけてはみたものの、その向こう側には何も無かった。よくある話。ありふれた結末には、感涙の情を引き起こす力が伴わない。じゃあ、僕は帰るよ。今度は、君が僕を追い求める番だ。誰かに聞いて欲しかったんだろ？ わかって欲しかったんだろ？ 自分のことを。あいにく僕は、そんな柄じゃない。『カワイイ』を自称しているんだったら、相手は他にいくらでもいるよ。異質な匂《にお》いのしない人間を眺めたって、退屈な人生の潤いにもならないしね。

「それはね」

ドクン。ドクン。

しまった。油断した。最後の最後で。カナコの奴、僕の顔前《がんぜん》に自分の顔を、思いっきり潜りこませてきやがった！ 食い入るように、自分の視線を僕の眼に注入するカナコ。せっかくここまで避けていたのに。久しぶりに鳴り始めた鼓動は勢いが良すぎて、しばらくは鳴り止んでくれそうもない。

ドクン。ドクン。

「実はね」

ドクン。ドクン。

「私ね」

ドクン。ドクン。

「私になりたいの」

第六章　ユウの風景

「ユウ、起きなさい。朝御飯できたわよ」

ふわふわと、僕の寝床で耳を打つのは、母の声。もう朝だな。起きなきゃ。僕はもうすでに、意識をはっきりと取り戻していたのだが、体ばかりか心までもが、ベッドから這いずり出す意志をまだ持たなかった。

「放っておけ。甘やかすと癖になる」

静かに響く父の呟《つぶや》き。朝なのに、なぜか僕の前に広がる世界は真っ暗だ。早く眼を開ければいいのに。僕は閉じた眼蓋《まぶた》の裏側で、今朝の天気があまり芳《かんば》しくないことをひしひしと感じていた。もし天を束《たば》ねるような快晴ならば、カーテンの隙間から零《こぼ》れるその煌々《こうこう》とした陽射《ひざ》しが、暖かみを擁して僕の布団を貫き、それは皮膚にまで達しているはずだから。

「お兄ちゃん、いい加減起きなよぉ」

多少なりとも朝の爽やかさを漂わす妹の囁《ささや》き。僕は嫌々ながらも眼を開けることにした。

あれ…？　景気良く視界の入口に飛びこんだのに、まだ闇が続いている……。

「ユウちゃん、御味噌汁できたよ」

柔らかとした祖母の嗄《しゃが》れ声。道理で真っ暗なわけだ。僕はこの温《ぬる》やかな布団の中に、未《いま》だ体全体を深々と潜りこませていたのだ。この闇を払拭したい。その欲望は、意欲という、自分の努力では到底、手に入れられる保証の無いものを、たまたまではあるが、僕の心に運んでくれた。きっかけという小さな釘は、いつも僕の意にそぐわずに、僕の歩む人生の至る所に打ちこまれているのだ。その数は決して少なくはない、という事実に感謝しつつも、僕は布団を剥《は》ぎ飛ばす決意をした。

「ユウ。ユウ」

母親は僕の態度や言動にあきれてしまうと、冗談混じりに蔑《さげす》んだ口調で、僕の名前を二回連呼する癖があるのだ。布団を取っ払ったすぐ後に聞こえたので、いつもより余計鮮明に、僕の心を耳打った。思った通り、窓から零れている光は、明らかに湿っていた。予測できていたことなので、期待もしていなかった分、この曇りがちな天気に僕は興味を引かれなかったのだが。

「今日は風がすごく強いね！」

そうなのだ。妹に言われるまでもなく、なんて強い風なんだ。分厚い布団にくるまり過ぎて、さっきまでは全然聞こえなかったガタガタと吹き荒ぶ風の響き。この音をやっと感知してしまったせいか、その我が家を襲う風力が作り出す自然発生的振動（僕は地震と似たようなものだと捉えている）が、部屋の床を媒介して、僕の足裏《あしうら》の皮膚を浸食していたことにも気がついた。

嫌な朝だ。こんな一日の始まりに巡ってしまうと、朝食を摂る気すら削《そ》がれてしまう。そこには、今日一日の豊かな未来を予見させるものが見つかりにくいから。風という不調和な音。振動という不条理な揺らぎ。家族からの呼びかけにも応じず、その状況をゆっくりと噛み締めてしまう僕の精神的不健康さ。それにしてもなんという音なんだろう。その大きさのせいで、延々と間延びしている僕以外の家族達の会話が、だんだん遠くに霞《かす》んでゆく。

「みんな、今日は気をつけて外出しなさい」

父の声はとても小さいにもかかわらず、やけに野太い。この凄まじい風の音波をかいくぐって、僕の部屋まで飛んできた。きっと僕に対しても投げかけてくれた言葉なのだろう。父の言動をしっかりと肝に銘じようとしない僕。要するに、この部屋から出るつもりはないのだ。木と土で構築された、昔ながらの純和風な硬い殻。それは僕の生命を形成する内界と外界を分け隔てる境界線……まさかいくら何でも、そんな安易な心理テスト的捉え方を僕はしない。どうせ例えるのなら、この部屋の壁は、『無』だ。

実際にそうであって欲しいと思うから。でも本当は『有』なのだろう。事実、それは実体をもって存在してしまっているのだ。そこまで眼に映る概念に対して、自分自身が確証を持っているのなら、僕が今やることはたった一つしかない。この萎《しな》びた空間にも打ちこまれている、あこぎな釘を抜くだけなのだ。そうすれば、嫌でも風船は萎《しぼ》んでゆくんだから。

僕はゆっくりとドアのノブを握り締めた。

「ユウちゃん、卵焼き冷めちゃうよ」

ぶるぶるっときた。ノブ越しに伝達してくる祖母の言葉、という金属音。かき氷を口にした時みたいに、僕の頭の中はキーンという音に、暫《しば》しの間、支配された。なかなかの伝導力を備えたそのノブを掴《つか》んだまま、僕はそいつを僕と家族との仲介人に指名した。あまり力を入れていないのだが、ずっとそれを握り締めていると、次第に金属特有の冷たい感触が消え、指先までもがじっとりと汗ばんでゆく。それでも僕は、この家全てを揺るがす大きな風の音に息を呑んでいた。

ガシャン！

ぶるぶるっ！　妹の奴だ。活き勇んで玄関を飛び出していったことを如実に物語るその快音は、彼女がテニス部の朝練にまた遅刻し、先輩達にどやされる情景をも、僕の眼蓋《まぶた》に映し出してくれた。相変わらず、朝から元気のいい子だ。

妹がいなくなると、食卓の様相が少し変わり始めた。若い女の子が発信源となっていた、あの生気をみなぎらせるような溌剌とした雰囲気は、風と一緒にどこかに流されてしまっていた。

「今日は私、早番だからね」

まるで今、思い出したかのように、母はパートに行く準備に取り掛かった。母が仕事に出かける時に着用する衣服は、僕の部屋を出てすぐ右側に佇《たたず》む、寂《さび》れた箪笥《たんす》に収納してあるのだ。ノブの助けを借りずとも、その様子は窺《うかが》えた。

カ……タ……ン……。

意外にも、次に外の世界へと旅立っていったのは祖母だった。いつものように、電車で二駅《ふたえき》向こうの病院へと足を運ぶのだろう。祖母には体に具合の悪い所など、別に何も無いのだが、お年寄り達の社交場として、そこは申し分ない場所なのである。長い年月を生きてきた祖母でさえ、まだまだ『話題』というものを食い足りていないのだ。

「私もそろそろ行くわよ」

その言葉の後に、更なる重い沈黙が二人の間を包んだ。父と母の仲が悪いというわけではない。よくある標準的中流家庭での一場面。その無言の中でも交わされているであろう会話は、二人を甘やかしているに過ぎないことを、僕はすでに学び取っていた。

言葉を発しないということは、本来、無遠慮なものなのだ。気兼ねしない相手にだからこそ発せられる、言葉無き問いかけ。あるいは、音声を要しない動作《ジェスチャー》。それをやり合える二人の親密度の高さ。僕の父と母の仲は、そこそこの及第点なのだ。

「気をつけてな」

僕はその言葉にだけ、ぶるぶるっとしなかった。それがあまりにも自然過ぎたからなのだろうか？

カタン。

沈黙はまだ続いているというのに、父が一人になると何故かその重さは軽くなった。その空気に僕までもが気を抜いてしまったその時。父に虚《きょ》を突かれたのだ。

「ユウ」

ぶるぶるっ！　ぶるぶるっ！　僕は辛うじて、声をあげてしまうことだけは食い止められた。僕は父の問いかけに答えようとしなかった。数秒程《ほど》我慢すれば、父は僕がまだ眠っているものだと思いこむであろうから。

今度は僕と父の間に沈黙が、ノブ越しに続いた。

「俺も行くぞ」

勝った。っていうか、これは勝ち負けじゃないだろ？　自分でもよくわからない意地を張りつつも、父が玄関の扉を開けるのを、僕は静かに待っていた。

ガタン。

それは他の三人とは違って、一家の主《あるじ》らしい威厳に満ちた音だった。それよりも、そのドアからものすごい風の音が、僕の耳の中をすり抜けていったことに、僕は心を囚《とら》われた。と言っても、今朝だけでもう四回目の体験であったので、別段驚きはしなかった。妹が出ていった一回目は、彼女のドアを閉める音があまりに強烈で、風の音はあまり記憶に残っていないのだが。父がドアの鍵をかける音、が聞こえたと同時に、耳たぶを伝っていた空気の振動が収まっていった。そして。一人きりになった途端、あれだけ気になっていた風の音に、心を奪われなくなってしまったのだ。それと引き換えに、この家の静寂が、僕の体《からだ》一点に集まり出した。

僕はゆっくりとノブから手を離《はな》した。


一人になって、やっと僕は解放されたのだ。孤独から。自分の周りに存在する人間が、多ければ多くなるほど、自分が果てしなく深い溝に囲まれていることを思い出してしまう。一人でいる時は忘れているというのに。高校を卒業して大学生活が始まった、という著しい環境の変化。それが起因となって訪れる大人への淡い願望や、自立への強い憧れ。違う。そんな多くの若者が感じる、ありきたりな人生への覚醒なんかじゃない。それが自立へとひたすら向かう、試練としての孤独であるのなら、むしろ歓迎すべきことなのだ。そういうことであれば、僕も甘んじてそれを受け入れ、身を滅ぼしかねない苦痛がやって来ようとも、見事それに打ち勝ってみせよう。でも、そんなことではないのだから仕方がない。

おそらく、僕の姿は誰にも見えていないのだろう。周囲の人間の眼には、僕自身が映らないのだ。もちろん、実際にはちゃんと僕自身の姿は見えている。たった今まで、僕のすぐ傍にいた僕の家族も、顔を合わさずとも違う部屋で、僕という人間を認知しながら、朝食の団欒《だんらん》を楽しんでいた。みんなが僕をどのように認識していたかは、別問題として。本当に僕自身の姿を見ることができない人々とは、僕の心の中に住んでいる周囲の人間、つまり周囲という外側の世界から、僕の心の中に投影された人間達なのだ。彼等は僕の心に居座っていながら、僕の本当の姿を知らない。問題は、僕の内的世界で起こる出来事だけなのである。僕の家族の側からは、しっかりと、僕は認知されている。ユウという人間は冷淡、無口、無関心、虚無、ぶっきらぼう、腰が重い、受動的、面白くない。捉え方は、向こう側の人々の好きにすればいい。だが、僕という人間が存在するということを、どれだけ周囲の人間の側から認めてくれたとしても、『外部から僕の心の内部に映し出された周囲の人間達』が、僕の存在を認知しない限り、それは無意味なものとなってしまうのである。

また、風の音が気になり出した。さっきも気づいていたのは僕だけ。心の中では、『僕』は僕だけにしか気づいてもらえない。『僕』という『風』は『景色』という眼に見える像としては、絶対に表現できないのだ。せいぜい、木々の葉々がなびいて散らばり、落ち果ててゆく、という周囲に及ぼされる変化によって、辛うじてしか存在を読みとってもらえないのである。

そして悲しいことに、僕自身にさえも、『僕』という『風景』は全く見えないのだ。

第七章　雨の引鉄《ひきがね》

「何でびしょ濡れになるのが、そんなに嫌なの？　私には全然わかんないよ」

僕のTシャツから二の腕にかけて、蟻が細い幹を這うように、雨垂れの兵隊達が一滴二滴と伝っていった。湿ってごわごわになったジーンズが、肌に触れる感触が嫌いだ。今朝方、激しく吹いていた風は、無数の水滴に一変した。家を出るまで聞こえていた風の音は、大地に根をはる全てのものを打ち叩く雨粒の音に塗り潰された。僕と孤独を共有していたあの音は、もう聞こえない。

ドクン。ドクン。

もう慣れたよ。とは絶対言わない。今日はまた一段と鋭く、彼女は自らの眼で僕の眼を貫こうとする。

「誰だって天候の変化にはある種の抵抗を覚えるに決まってるじゃないか。いくら傘を差していたって、これだけ風が強けりゃ、あと一分もすれば濡れネズミになるのは、眼に見えているよ。すっごい損した気分だね。今日は夜まで、外出する用事が無かったのに。大学だって出席をとる講義も休講だったんだぜ。こんな日は昼過ぎまでぐっすり寝て、窓から激しい雨を眺めながら、外界の喧噪から自分一人逃れられたことに喜びを感じ、ゆっくりと食事を摂り本を読む。そして頭が冴え渡った頃に、ちょうどバイトへ行く時間になるんだよ。なのに君のせいで、僕のささやかな計画はもう滅茶苦茶。大体何でこんなどしゃ降りの中、外で練習なんかするんだ？　まさか意味不明な行動も、度を越せば意味が発生するなんて……思ってないよね？　僕の新しいスニーカーだって、こんなにびしょびしょ。長靴でも履いてくりゃよかったよ。何なんだ、この水溜まりの多さは。うちの大学も早く、アスファルトに舗装すればいいのに」

「ユウ」

ドクン。ドクン。

「今日はよくしゃべるじゃない」

人の仕草、行動、癖は一緒にいれば伝染《うつ》る。とも思わないけれど、多分カナコは「今日は自・分・か・らよくしゃべるね」とでも言いたいのだろう。僕はそういう意味として受けとった。確かに僕は最近、言葉をよく発するようになった。だが、今まで僕が全く言葉を発しない生活をしていたというわけではない。僕が過去に接した人間の誰に聞いても、僕のことを無口だと言い張る人間は一人もいないだろう。僕は自分が生来的に無口であることを、相手に悟らせないようにすることに、とても長《た》けているのだ。その作業には数多くの言葉を必要としない。僕の心の中に伸びてくる、蛇みたいに長い他者の言葉。僕はたったひとつの釣り針で、それを軽く引っ掛ける。その長い体のどの部分を捕らえても、蛇はたった一カ所に掛けられた異物によって、動きを封じられ、撤退せざるを得なくなってしまう。僕が釣り針をあと何個隠し持っているのかさえ、知ることもなく。もちろん、一個（一語）しか持っていないのだが。

「痛い」

通常、どしゃ降りの雨に生身を晒《さら》していたとしても、こういう表現はあまり引用しない。肌に雨粒が落下する痛みよりも、ずぶ濡れになってしまう不快感（場面設定によっては爽快感でもあるのだが）の方が、前面に表れるからだ。ましてや今、僕はちゃんと傘を差しているのに。カナコにとって予想外な言葉ではあろうが、決して場違いな台詞《セリフ》ではない。

何かと否定的なイメージを連想してしまう『雨』に対して、心身に苦痛を走らせる人々は後を絶たない。雨を浴びながら、絶望に打ちひしがれる人間を頭に思い描けば、「心が痛い」「体が痛い」なんて言葉が出てきたとしても、それは辻褄の合うことなのだ。だが、理屈に見合っているかどうかなんて、この際どうでもいい。カナコ。今日こそ、僕の前から消えてもらうよ。この釣り針で。「自分になりたい」だなんて。一貫性。主体性。そして、自己同一性への憧憬《しょうけい》。流行《はや》らないよ、今時『自分探し』なんて。君が「自分になりたい」と思っている瞬間でさえも、この世で君が眼にするあらゆるものの影響を受け、君は変化を遂げ続けているのだから。その基盤として、もうすでに「君自身」が存在してしまっているということは、周知の事実じゃないか。心配しなくても、とっくの昔になってるよ。カナコはカナコに。その場にどっしり構えて、常に変わり続ける自分を愛してやることの方が先なんだよ。そんなことにさえ気づいていないんだね、カナコ。

「そうね！　痛いよね、雨って」

ドクン。ドクン。

カナコは僕にとって、予想外ではないが、明らかに場違いな返答をした。僕はあわてて、綻《ほころ》びを縫《ぬ》おうとした。

「そんなに素直に答えられても困るよ」

「え？　何でよ？　ユウは雨が痛いから、痛いって言ったんでしょう？　私もそう思ったから、頷《うなず》いただけだよ」

「そんなこと言ってるんじゃないよ」

「わかってるって！　雨にうたれたぐらいで、痛みなんか感じるはずないでしょ。体のどこが痛くなるっていうの？　どこも痛くなんてならないわよ。ちょっとユウにつられてみただけ。びっくりした？　同意されるとは思ってなかったでしょう！　それで？　ユウは何で雨が痛いの？」

失敗した。カナコという蛇は、僕の釣り針を飲みこもうとしていたのだ！　しかし僕は動揺しなかった。そんな現実にも、自分の戦意を喪失させなかったのだ。なぜなら飲みこまれてもいいと思ったからである。

このままカナコに引きずられてやる。

「そりゃあ痛いよ。雨はこの世のもの全てを覆い尽くすんだ。僕は傘をさして、雨から逃れようとしているけど、傘自身はこの雨槍《あまやり》をまともに受けている。僕と傘の両方を救おうとして家の中に逃げこんだとしても、その家の屋根もやっぱり、雨からは逃れられない。悪あがきで、ドーム式野球場の中に家を建てたって、察しの通りドームの屋根も水浸し。雨から完全逃避できるのは、雲の上に浮かぶ太陽と月だけ。要するに神様だけなんだよ。僕等みたいな凡人はただただ諦めるしかないんだ。無抵抗のまま。果てしなく後ろ向きな奴だと思われるだろうけど、それが一番楽なんだ。僕は自分より弱い人間には勝てるけど、強い人間には負ける。いくら富と名声を得たって、人間はピストル一発に負けるんだから。勝てるのは、怯えきった人間の精神が生み出した『雲の上の神様』しかいないんだよ」

　カナコに引きずられた、というより僕が僕自身に引きずられた、という感じだった。僕は、カナコという存在を僕の前から消そうとする前に、カナコの前から僕自身を先に消そうとしていた。よく考えたら、どちらにしても同じことだ。僕の目的は、僕とカナコを結ぶ線を遮断することなのだから。僕はこの場にいながらも、消えることにした。そして、そうしてしまったことを後悔するのに、それほど時間を要さなかったのである。

「何を?」

カナコはためらいがちに声を圧《お》し殺しかけたが、迷わず続けて口にした。

「何を悩んでるの?」

「え?」

意味がよくわからなかった。だが、怯《ひる》まず僕も続けて口を開くと、言い返す言葉が自然に生まれ出した。

「悩んでる? 悩んでるだって? 誰が? この僕が? 君は『悩む』って言葉の意味ちゃんと知ってる? 苦しみ、病み、困り、思い煩《わずら》う。このどれかが僕に当てはまってる? 冗談だろう? こんなの自慢になるかどうかわからないけど、僕は今まで生きてきてこの方、悩んだことなんか一回も無いんだぜ。『悩む』っていうのは、右に行くのか左に行くのか、どちらかの選択に『迷う』っていうことじゃないか。それは楽な方を選べばいいだけの話だ。もしどちらに行っても苦しいのなら、まだましだと思う方の苦しみを選べばいい。諦めて受け容れるんだ。そうすれば、いつかは楽になれる。僕には悩む必要なんかないんだよ。自分でそこまでわかっているんだから」

「何を？」

今度は、カナコは笑っていた。母親が子供をあやすかのように、カナコは僕に囁《ささや》いた。

「何をあせってるの？」

僕は少しだけ逆上した。柄にもなく。

「あせってなんかいないって！　君が変なこと聞くからだよ！　悩んでるだのあせってるだのって……。人間なら当たり前だ！　だったら君は悩まないっていうのか！」

雨音のせいで僕の声はあまり響かなかった。怒りは『僕』という存在も、『カナコ』という存在さえも、僕の意識から吹き飛ばした。この時、改めて気がついたのだが、このどしゃ降りの野外ステージには、僕とカナコ以外誰もいなかったのだ。

カナコの赤い傘は、激しく増す雨粒の勢いに、それほど動じていなかった。

「ユウは、私と出会った時からずっと悩んでいたよ。多分それ以前からも。右か左か二者択一どころの騒ぎじゃないわ。ユウは自分の中に、何百何千もの選択肢を抱えている。だからユウは苦しんでるのよ。辛くてどうしようもないのよ。私まで辛くなってくる。痛々しくて見てられないよ」

僕の青い傘は、激しく増す雨粒の勢いに、従順だった。

「君に言われる筋合いなんかない！」

何の前触れもなく、急に足元から天に向けて、煽《あお》るような風が吹いた。それは僕とカナコの傘を、空高く舞い上がらせた。

赤い傘がどんどん小さくなっていく。

「そんな言い方ってないじゃない！」

青い傘が緩やかに萎《しぼ》んでゆく。

「君が余計なこと言うから！」

赤い傘は無数の雨粒の中に身を隠した。

「…………」

そしてカナコも黙りこんでしまった。見たい。カナコの眼を。喜ぶべきことかどうかはわからないが、僕が他者の眼に興味を抱いたのは、これが生まれて初めてだったのだ。


本当に見るの？

やっぱりやめよう。

何でやめるんだよ。今見ないで、いつ見るんだ？

恐いから。

あいつの顔の何がどう恐いっていうんだ？　ただの人間の顔なんだぜ。筋肉が女の顔を形取り、それを皮膚が覆っているだけ。そんな『お面』なんかにとり殺されるはずないだろう。

恥ずかしいから。

俺の話聞いてる？　『羞恥』なんて青臭いもの持ち出したりして……。もっと自分に自信を持てよな。お前らしくもない。いつものお前でいればいいんだよ。普段のお前は、あんなに気高く気取っているじゃないか。誰にもとらわれず、誰にも絡まれず、誰にも媚びず。俺はお前をこの世で一番認めているんだぜ。この俺が言うんだから、絶対間違いないって。だからもっと自信を。

死ぬかも。

だから死なないって！　いい加減にしろよな。子供じゃあるまいし。見たいんだろ？

あいつの眼を。決断は自分で下せよ。それとも何？　自分で決めたことに対して、責任を負うのが嫌なのか？

違う。

何が違うの？

何も違わない。

じゃあいいね。

うん。


彼女の顔はずぶ濡れだった。しかし、滴る水滴の向こう側には全てが見えた。彼女の唇は、うっすらと桜色に染まっていた。何かを言いたそうにはしていなかった。頬は少なからず紅潮していた。この冷たい雨のせいかどうかはわからないけれど。髪の毛がこんなに長かったなんて知らなかった。腰には届かないまでも、毛先は確実に胸部を下回っていた。衣服はそのきつい性格には似合わず、地味なモノトーン。そして、いよいよ眼。

ドクン。ドクン。ドクン。ドクン。ドクン。

キレイだった。長い睫毛《まつげ》の奥に在《あ》る黒い瞳は、とても穏やかだった。彼女が僕のことをどう見ていたのか、少しわかった気がする。見ていたというか、見守っていたというか。彼女にとって僕は、単なる子供だったのだ。彼女は僕を保護しようとしていた。僕の意志を無視して。僕はそんなに危なっかしい存在なのか？　女の子の助けを借りなきゃいけないほど。考えれば考えるほど、頭の中がこんがらがる。自分でわかっているのなら、やめよう。

そう思った瞬間、僕は彼女の眼から、自分の眼を逸《そ》らした。僕が新たに視線を置いたその先には、大きく開いた赤い傘が雨《あま》しぶきを弾けさせて、輝くばかりに美しく地上に咲いていた。その傍らで青い傘は、ロックがかかった状態に戻り、閉じたまま横たわっていた。

僕は自分の傘を手にとって、再び引鉄《ひきがね》を引く気にはなれなかった。その青い傘と同様に、僕は萎縮してしまっていたのだ。

ついさっきまで、女に惚れたことが無かったから。

第八章　絶対愛

カナコの歩く姿は潔《いさぎよ》かった。普通、人が歩く時には、何かしらの『揺れ』が感じられる。急いで焦っていたり、喜び悲しんでいたり、やる気が無く生気に乏しかったり、笑顔と足どりが同調していたり。きれいにまっすぐ歩いている人間は、まずいない。強いてあげれば、カナコはそれに極めて近い。カナコは僕に会いに来る時も、僕の真正面に向かって、まっすぐ歩いて来る。心と体が地面に垂直となって体現されるカナコの歩行。だから、カナコが僕の所に辿り着く数秒前に、僕はカナコの存在に気づくので、余裕を持って、彼女の眼から自分の眼を逸《そ》らすことができる。つまり背後から闇討ちのように襲われることは決してないので、他の人間と会うよりも彼女と会う方が、とても楽だ。そして去る時は振り返りもせず、一言の挨拶も無しにスタスタと行ってしまうのだ。

カナコが食事を摂る様《さま》には、ごく一般的な女の子からは感じられない一種の『誇り』がみなぎっていた。例えば、大きなサンドイッチをほおばっても、カナコは口元を手で隠さない。故に噛んでいる間、口の中のものが少し見えてしまうのだが、僕はそれを見て汚いとは思わなかった。それはカナコ自身が他人の眼に映る自分の行動を、汚いなどと全く思ってないからだ。僕と共通して、カナコも自分の行動に絶対の自信を持っている。他者から見て、彼女の行動が正しいとか間違っているとか、そんなことはどうでもいいことなのだ。カナコが正しいと思えば、それは正しいのだ。カナコが間違っていると思えば、それは間違いなのだ。

カナコが演技をする表情は凛々しかった。彼女は他の劇団員をまるで相手にしていない。彼女自身が突出して、演技の技巧力に優れていたわけでもないのに。それは同世代の人間と比較して、カナコの精神的な成熟度がかなり高い、という理由からだろう。深呼吸する演技ひとつをとってみても、彼女は本当に深呼吸をしている。他の団員達がこれを聞けば、「自分だって深呼吸ぐらい本気でできる！」と反論されるだろう。でも『本当に』と『本気で』とは多少意味が違ってくる。彼等の言う『本気で』とは、彼等が今まで見てきた映画やテレビ、そして今まで読んできた小説や演劇論に関する書物、などに基づくものであり、所詮、自らによって意識付けされた感覚の再現を試みようとしているに過ぎない。それに対してカナコの場合、彼女は『本当に』自分の深層心理からむせび上がる感情を、感性と観念で明確に捉えて、それを吐き出している。多くの演劇人が、何の思慮も無しにやってしまうつまらない『再生』ではなく、今この地球に初めて生まれた『誕生』を、カナコは平然とやってのけてしまうのだ。

カナコが身に纏《まと》う服は素っ気なかった。思春期に突入した女の子達は、一人の例外も無く、皆一斉に数あるファッション誌を漁り読む。自分をキレイに見せたい、自分を可愛く見せたい、そして自分を守りたい。みんな知ってか知らずか、最近の子は武装をするのが上手だ。本当の自分に触れられるのが嫌で、みんな一生懸命自分を守っている。この年齢になって、そんな単純なことにようやく気がついた。流行《はや》りのスタイルを追いかけ、他人から自分が見えなくなってしまうほどの鮮やかな鎧《よろい》に、その身を包む。そしてカメレオンみたいに同じ彩《いろど》りで、心と体を隠し合った者達が行き交う街並みに、溶けこみ消えてゆく。

その街中で、カナコだけはあまりにも無防備なのだ。他の子のように、カナコには自分を守ろうとする意志があまりない。彼女の服がそう語っている、いや主張しているのだ。「私はあなた達みたいに、情報収集してお金を費やさなければならないほど、弱くはない。自分一人ぐらい、自分の生身の心と体で十分守れる」と、着《は》き古したジーンズ、砂埃《すなぼこり》で少し煤《すす》けたスニーカー、三枚幾らのTシャツ、それらはそう訴えていた。

カナコの髪は長かった。人の髪の毛は一カ月に約一センチ伸びる。カナコは随分と美容院から遠ざかっているのだろう。色は、染髪した形跡の無い漆黒《しっこく》で、それはやや重たかった。遠い昔、シャギーを入れて髪を軽くしていた名残《なごり》が、毛先の三、四センチだけに感じられた。だらしなく伸ばしているように見えて、手入れは完璧に行き届いていた。彼女は朝晩しっかり洗髪していると、僕は見た。艶《つや》が出過ぎだよ。それは性的なイメージを連想させるものではなかった。太陽からこぼれ落ちた光の粒によって、その髪はしっかりとコーティングされ、天然のラメをちりばめさせていたのだ。それは人為が何ひとつ、加えられていないかの如き姿だった。

カナコはよく唇を弾《はず》ませた。彼女は本当に、しゃべることが好きだ。眼に映るもの全てを実に写実的に捉《とら》えて、僕によく聞かせてくれた。

「あのね、私、夕焼けって大概すごいと思うのよ。ちょっと、あれっておかしくない？あの瞬間だけ、世界がみんな紅く染まっちゃうんだよ。私には無いのよね。あのあらゆるものを染め上げる力って。それが欲しいってわけじゃないんだけど。どうしても捨てがたいのよ。あの紅い色は、喜びも悲しみも含有しているから。やっと仕事が終わって疲れ果てたお父さんが、公園の砂場で遊んだ帰りの息子と、家路への曲がり角で、ばったり会っちゃうんだよね。それでね、手まで繋ぐかどうかはわかんないけど、その二つの影をあの紅色の光が、とことんまで引き伸ばしていくのよ。この安堵ができるだけ長く続きますようにって。世の中いいことばかりじゃないもんね。雨の日だって結構多いし。だからせめて、雲に遮られないこんな日だけはと、必死で影を、幸せを引き伸ばしている気がするのよね。陽《ひ》が、天が、神が、って感じで。未練がましい行為かも知れないけれど。あっ、もう沈んじゃった」

そして、カナコはよく唇を噤《つぐ》んだ。

カナコの眼を、もちろん僕は見なかった。彼女の眼を見ずとも僕の能力をもってすれば、彼女の喜怒哀楽は僕の五感に伝達してくる。カナコが笑っている（おそらく笑っているであろう）時、自分でも信じられないのだが、僕は幸せを感じていた。張り詰めていた心の糸がちぎれる瞬間。それはとても穏やかで健やかな気持ちだった。彼女が微笑む気流を肌で感じる僕は、一秒、二秒と呼吸を止める。その自分の失態に気づき、あわてて糸を結び直そうとする僕を、さらに見つめ続ける彼女は、僕の存在をとても小さなものにするのだった。木漏れ陽の中を通る優しい空気は、僕だけのために実存してくれた。世界は僕を中心にそれを生産していたのだ。僕はたった一人で、それを余すところなく消費したのだった。

カナコは、カナコで、カナコの全てを僕は愛した。光の中で。出会った時から、僕はカナコを愛していたのだ。影を払って。カナコの放つ全てのものは、僕にとって、神のかけらとなった。光に影を託して。

近づいて来る夏は、やがて熱砂の粒を撒き散らし、あまたの生命に過剰な精気をもたらし、暴走を約束する。いずれ、その疲労は秋の訪れとともに労《ねぎら》われ、安定期に入る。限りない静寂《しじま》の向こうまでも、その時間を永らえさせてくれるのは、冬だった。大地の息吹にも似た温もりで、春が、きっとそれを連れ戻してくれることだろう。そして、それが再び熱砂の粒を浴びることになろうとも、僕はカナコを愛するだろう。

理屈じゃないんだ。

誰かに愛という感情を抱いたのは、初めてだった。その女の眼だって、まともに見ることができないというのに。これが本当に、あの僕なのか？　他人《ひと》を恐れて、他人《ひと》を避け続けて、他人《ひと》の視界に僕自身が映らないようにしてきた僕。僕自身の視界にも、僕は決して他人《ひと》を映し出さなかった。僕と他者は、常に違う世界に住んでいた。住まなければならなかった。生き物として、それぞれは違う種であるから。

「魚類は大地を這うことはできない」

理由はこれだけで説明がつく。自分の身分はわきまえているつもりだった。僕以外の全ての人間が、僕とは違う世界で、際限なく繰り返している許容と拒否。憧れていた。自分の心の中だけでとは言え、認めてしまうと、思った通りスッキリした。数学の公式を導き出すように、客観的に理解するのはとても容易《たやす》い。でも心で、心の底からそう思って、自分の中に統合するとなると、それはなかなかに難しい。そこでは数多くの制約というものが、足の引っ張り合いをしているから。諦めていたんだ。束縛から抜け出すことを試み、暴れもがいてはみるが、どうしようもなく痛くてたまらない。それは生死にかかわるほどの激痛だった。それなら、観念した方がよっぽどマシだ。別に他人《ひと》と心を交わさなくてもちゃんと食事は摂れるし、無理に他人《ひと》と肌を触れ合わさなくても深い眠りにつけるし、そして他人《ひと》の眼を見なくても、僕は生きてゆける。

それは真実だった。

しかし、どうやらあるみたいなんだ。その拘束を解き放ってくれるかも知れないものが。それが、カナコという他人《ひと》の眼だったなんて！　できれば信じたくない。その可能性に無知であった頃に、心から戻りたいと思った。あのまま、知らずに生きていた方が幸せだったんだ。欲は一度感じてしまうと、それが満たせても満たせなくても、平安だった僕の心に、永遠に大きな波紋を呼び続けるのだ。その寄せては返す波は、いつの日か大きなうねりを眼覚めさせ、僕を破滅へと導くことを保証するだろう。


ちょっと待てよ。

またかよ。

どうしてお前は、そういつもいつも決めつけてしまうんだ？

仕方がないじゃないか。自分の頭で予測して、それが良い結果を招かないとわかれば、行動に移すわけがない。そんな奴いる？

お前、いつから予言者になったんだ？　それにお前の予測って本当に当たるの？

ほぼ百パーセント当たるよ。今までだってそうだったんだ。だから僕は何の苦労もせずに、傷つくことも無くここまで来れたんだ。もちろん、これからもそうだ。僕は必ず幸せに生きてゆける。

本当にそれでいいの？

よくないからまた現れたんだろう？　お前が、いや僕自身が。

よくわかってるじゃないか。さすがにお前は、俺自身だけのことはあるよ。

茶化したって何の足しにもならないよ。

茶化してるのはお前だろう。

違うよ、お前だって。

好きなくせに。

誰を?

ほらね、卑怯者。お前がカナコを好きになってしまったことは、誰のせいでもないんだ。鏡の前に立てばよくわかるよ。お前だ。他の誰でもないお前自身の責任なんだ。

お前は僕だろう。

聞きたくないのなら、無理しなくていいよ。俺は一人で勝手にしゃべり続けるから。

でもな、あんまりみっともない真似だけはするなよな。ホントにお前はカッコ悪くてしょうがないんだから。あの子のことも俺のせいにして。逃げてばかりいる自分から眼を背けたいがために、俺をブラインド代わりにするお前。

もうやめろって!

やっぱり聞いていたんだね。まあいいけど。とにかくだな、俺が言いたいのは、もうそろそろ諦めろってことさ。

だから諦めてるじゃないか。

いいや、お前は全然諦めてないね。

何を？

逃げることをさ。いまだに逃げきれると思っているだろう。そこが甘いんだよな。

思ってない。

思ってるよ。まだ見ようとしないもんね、俺の眼を。

見てるよ。

見てないよ。俺の心を、命さえも。

そうだね。

ちょっとイジメ過ぎちゃったかな。謝るよ。ゴメン。でも、これだけはどうしても言っておきたいんだ。最後には勝ってくれよな、必ず。

誰に？

そんなの決まってるじゃん。俺にだよ。

第九章　感受の海

七月二十日、僕は十九歳になった。

「お誕生日おめでとう！　ユウ、やっと私の歳《とし》に追いついたね！」

こんなにあっさりと、祝福を受けるとは思わなかった。

「何ぶつぶつ言ってんのよ。また独り言？　それとも夢想？　私だって三日前に十九歳になったんだから。何か変な気分だったよぉ。三日だけ私がお姉さんだったなんて。まあ精神的にも肉体的にも、私はユウよりずっとお姉さんなんだけどね。でもあれだよね、十八歳と十九歳ってさ、かなり響きが違うと思わない？　七十歳と七十一歳みたいに、トシをとってからの一歳ちがいだったら、ホントどうでもいいぐらい変わりはないんだけどさ。この三日間は何となくユウにやられたって感じがしたね」

「『やられた』だって。相変わらず、わけわかんないね、お前は」

「『お前』だって。同い年に戻ったからって、急に調子づかないでよね。私はユウの女じゃないんだから。それにしても今日はマジで暑いよね。『雲ひとつない晴天に恵まれた』っていうのは今日の日のためにある言葉ね。ほら、あの池の水面《みなも》を見てよ。太陽しか映ってないなんてこと、今まであった？　眩《まぶ》し過ぎてクラッときちゃうよ。今年は梅雨が明けるの、遅かったもんね。あの池もつい最近まで、雨粒の波紋がぐるぐる回っていたのに。それからさぁ……」

逸《そ》らすわ逸らす。当たり前なのだが、あの日以来、カナコはカナコらしくなかった。素朴な疑問ではあるけれど、カナコにとってあの日はどういう日であったのだろうか？　もしかして、彼女は心を開いていた？　いいや違うね。カナコは心なんて開いていない。開いているのは唇だけ。おそらく僕を疎《うと》ましく思っているであろうその声は、何となく掠《かす》れていた。カナコも僕と同じく、他人に自分の心の変化を悟らせない人間であるというのに……。

獣である僕は、彼女の中で今起こっている微妙な心の変化を見逃さなかった。

「カナコ、今日は変だよ」

ストレートだった。この空から突き刺す陽《ひ》の光よりも、まっすぐに投げてみたかったんだ。どうしても。

「私は直球派の人間よ」

「だったよね」

やっぱり素直に返してくれるんだね。ありがとう。

「する？」

「何を？」

「キャッチボール」

「もちろん」

「痛いわよ。私のボールは」

「知ってるよ。そんなこと」

「いいの？　本当に？」

「くどいね。カナコらしくないよ」

「本当に？」

僕は沈黙で返した。

「そうなの？　そうなのね。じゃあ、ユウからどうぞ」

もう一度、僕は沈黙で返してしまった。これは自分でも予期していなかった不覚だった。どうして？　なぜ僕は言えないいんだ？　たった一言を。今時、小学生だって幼稚園児だって言っている。赤ちゃんだって言えるかも。この夏一番の陽射しは、じりじりと僕の頬を焦がし続けた。額から零れ落ちる生温かい汗は、僕の眼に流れこみ、視力を落とした。視覚なんて要らない。彼女の眼すら見れない僕は、事実、彼女の眼の前に存在していた。とっさに我に返った自分を、僕は呪った。見たくなかった。感じたくなかった。自分で自分の姿を。それはとても醜かった。傷つきたくない自分。拒否されることの恐怖。それも、もうそろそろいいんじゃないか？　一生に一度ぐらい傷ついてみれば。痛いかも知れないし、痛くないかも知れない。でもやっぱり、痛いに決まってるんだけど。

もう一人の僕は、今日は現れないみたいだね。僕がこの決心を固めれば、おそらく二度と会えなくなるのだろう。そんな気がする。じゃあ僕は固めるからね。さようなら。もう一人の僕。

「何て？　ユウ、何て言ったの？」

「嘘ばっかり。聞こえていたくせに」

カナコは頷《うなず》いた。

僕は空を見上げた。カナコが唇を動かすのを待った。そして、

「ダメ、なの？」

「私も一度しか言わないのよ」

一瞬、空が真っ青に見えた。それは海の色だった。僕は自分で自分自身を必死で抑えこんだ。信じてみる？　信じてみない？　今、自分が放り出された状況を。味わってみる？　味わってみない？　この荒みきったコバルトブルーの冷たさを。飛びこんでみる？　飛びこんでみない？　海へ。

僕は宙にふわっと浮いた。ような気がした。そして、空へと落ちていった。この空は深

い深い海だったのだ。波しぶき一つない穏やかで静かなる聖域だった。母なる海に抱かれて。母胎回帰。そこは上も下も右も左も無い世界。傷んだ心すら無重力にさせてくれる深く青い宇宙。本当の幸せって、こういうものを言うのかな？　ここにあるのは僕の肉体だけ。何も無いことに対する喜び。何も無いのなら、欲しいものを手に入れられなかった悲しみに暮れることは絶対無いんだ。大切にしていた幸福に裏切られることも……。

本当にそれでいいの？

びっくりした！　もう一人の僕とは、さよならしたばかりなんだ。永遠の別れだったんだ。あいつの声が聞こえるはずがない。

本当にそれでいいの？

じゃあ、この声は一体誰の声なんだ？

本当にそれでいいの？

太陽の光が射しこむことによって、僕の海は鏡に取り囲まれた世界となった。その無数の鏡に映った僕は、まさしく唇を震わせて、しゃべっていたのだ。「本当にそれでいいの?」と。この声は誰の声でもなく、紛れもない僕自身の声だったのだ。もう一人の僕はもういない。自分の力でやるしかないんだ。自分で答えを導き出し、自分で決定する以外、他に道は無い。結果、僕は叫んでいたのだ。自分自身に問いかけていたのだ。本当にそれでいいの? いいわけない! 背を向けて、しっぽを巻いて逃げること。それは誰にでもできる。この安らいだ海から出てゆき、悲しい現実を直視する。これこそが、もう一人の自分と決別した人間にしかできないことなんだ。やるよ。生まれて初めて、僕は『逃げない』を選ぶ。もう一人の僕との決別を基点とした、過去と未来に報いるために。見るよ。彼女の眼を。


「ダメっていったら、ダメなのよ!」

「何で!? 何で僕じゃダメなんだ!?」

「理由なんか無いわよ! こればっかりは本当に仕方がないのよ!」

「僕の何がいけないんだ? 顔? 性格? それともフィーリング? はっきり言ってくれよ! ダメな所は直す! だから僕と!」

「やめてよ、もう！　ユウの顔は全然悪くないよ。どっちかっていうと、人眼《ひとめ》を引く方だよ。性格だって私は好きだよ。ちょっと変わってるけど、意外と前向きだし。一緒に話をしていてもすごく楽しいよ。でもね、あるのよ、世の中には。どうしても絶対にダメなものが」

「だからそれを早く教えろって！」

「うるさいわね！　口で説明できないことだってあるでしょう！」

「そんなもの無いよ！　この世に！」

「もう黙ってよ！」

ドクン。

「あっちに行って！」

ドクン。ドクン。

「嫌いよ！　ユウなんか！」

ドクン。ドクン。ドクン。ドクン。ドクン。

一刻も早く、この音を鳴り終わらせたかった。僕はもうカナコの眼からは、あの店長と同じ憎しみしか見出すことができなかったから。彼女の視線は無数の針となって、僕の体を、心を、命までをも突き刺した。拒否。あの穏やかな海から舞い戻った僕を地上で待っていたものは、またもや海だったのだ。この海はあの海と違って、心をもってして、僕を飲みこんだ。心。僕にとっても、カナコにとっても、誰にとっても邪魔なもの。この海はそれを宿していた。そしてこの海は僕の体を心に変えた。僕の心は激しく痛み出したのだ。この海はまさしくカナコ自身だった。心を持ったカナコは荒れ狂う海となって、僕を完膚無きまでに打ちのめした。左から襲撃された嫌悪という名のストレート。下から突き上げてくるアッパーは、僕に対する憎悪の証《あかし》。パンチドランカーとなった僕の心は、反撃の狼煙《のろし》となる悪徳すら搾り出せなかった。彼女の海で藻屑となった僕に残されたものは、この海をクラゲのようにゆらゆらと漂う権利だけ。深く冷たい海の底には、太陽の光なんて届かない。やっぱり僕は闇に住むしかなかったんだ。ここに一人寂しく溶け入って、死ぬまでこの世界を愛していればよかったものを。光を求めたばっかりに、死ぬほどの悲しい思いをして、再び同じ闇へと戻されるなんて。でもやってよかった。これで諦めがついたよ。以前よりは、多少居心地のいい闇となることだろう。今度こそ迷わない。僕は死ぬまで、この闇と同一化する。二度と人の眼は見ない。これで晴れて、あの嫌な音ともおさらばだ。もう他人《ひと》を求めない、望まない、期待しない、絶対に。

ほら消えたよ、あの音が。やっと僕は、これからずっと安らかに生きられるんだ。何ひとつ怯えること無く。さようなら、みんな。バイバイ、カナコ。

ドクン。

え?　何だ……この音は……?　僕は今、闇にいるんだよ。人の眼に恐怖することのない世界に。それなのに、どうして聞こえるんだ?　あの音が?

ドクン。ドクン。

また聞こえた!?　なぜだ!?　僕は今、誰の眼も見ていないんだ!　あの音が僕の内部から聞こえてくるはずない!　それじゃあ、一体どこから!?

ドクン。ドクン。ドクン。

もういい!　やめてくれ!

ふいに僕はカナコの眼を見てしまった。再び僕の内側から、またあの嫌な音が聞こえてきた。僕の音は、その正体不明の音とダブり始めたのだ。

ドクン。ドクン。ドクン。

ドクン。ドクン。ドクン。

ドクン。ドクン。ドクン。

ドクン。ドクン。ドクン。

ドクン。ドクン。ドクン。

ドクン。ドクン。ドクン。

全てがわかった。ここまで気づかなかった僕は、運が悪かったとしか言い様《よう》がない。カナコ。君も在《い》たんだね。僕と同じ世界に。そしてカナコ。君は愛そうとしなかったんだね。僕の愛した世界を。

カナコはそのまま倒れた。

第十章　君の愛した世界

　神経科の待合室は、薄暗くどこか寂しげだった。夕方の五時ではあったが、真夏の太陽はまだ高く、古びた窓越しにその光を預けていた。誰かが消し忘れた煙草《たばこ》の煙が、このジメジメとした部屋の情景にモザイクをかけるようにして、錆びたメッキの灰皿から申し訳なさそうに湧き出ている。

「どうぞ、入ってください」

　カナコの母親に、僕はカナコの病室へと呼ばれた。彼女が何の警戒心も抱かずに、カナコが眠っている病室へと迎え入れてくれたのは、最近カナコが頻繁に僕の話を母親にしていたから。そしてもう一つの理由は、カナコの財布から掛かり付けの病院を調べ上げ、救急車でカナコをここまで連れてきたのは、この僕だったから。彼女はそう語ってくれた。

　カナコはまだ眠り続けている。彼女の話によると、カナコは大きな不安やストレスを感じると、発作的に気絶してしまうことが多々あるそうなのだ。カナコは一度こうなってしまうと、五、六時間は眼を覚まさないらしい。

僕はこの空間の異常な静けさに、息苦しさを覚えた。

「あなたがユウ君なのね」

他人の眼を見る気力など残していなかった僕は、いつものように視線を逸《そ》らして、気配と感覚だけで彼女を捉《とら》えようとした。

「ありがとうね」

言葉尻の清楚さは育ちの良さを匂わせたが、どこか儚《はかな》げだった。だが、それを自分で埋め合わせられる芯の強さも、彼女は身につけていた。

「これでも、今年に入ってこれが初めてなのよ。この子、近頃ものすごくがんばっていたわ。それを思えば、たまにこうなるのも仕方がないわね。ハードな生活を無理に続けていれば、誰にでもツケや反動が跳ね返ってくるものよ。この子の場合、人とはちょっと違う形で痛い思いをしてるんだけどね。あなたが傍にいてくれて本当に助かったわ。心からお礼を言うわ。ありがとうね。外出中は全神経を張り巡らせて、注意深くしておきなさいよ、っていつも口を酸っぱくして言ってるのにねえ。この子ったら、今日はこの快晴で気でも緩んじゃったのかな？　昔から、いいお天気だとすっかり浮かれちゃう癖があってね。あ、あなたもお茶飲む？」

絶句。

「親子揃ってよくしゃべる、って顔に書いてあるわよ。素直な子だとは聞いていたけど、眼を合わせてしゃべらないところはこの子の話通りね」

いつもそうだった。僕がカナコと眼を合わせてしまった時、いつも彼女は大きな声でしゃべっていた。カナコの心から鳴り響くあの音をわざと消し隠すかのように、懸命に声を張り上げて。さらに彼女は、激しい雨音や風の響きなど、自然の力さえをも自分の味方に従えていたのだ。そして、今日。この不気味なほど静まりきった無雨無風《むうむふう》の晴天の下《もと》で。加えて、二人に訪れた沈黙によって。僕は初めてカナコの音を聞いたのだった。

「あなたには話してあげるわね。カナコのことを」

カナコは幼い時から、極度に人見知りの激しい子だったそうだ。彼女が小学校から中学校に上がる頃。少女達の自意識が眼を覚まし出す時期に、それはピークを迎えた。人とまともに話ができない。人とうまく仲良くなることができない。周りの人間からイジメられていたわけではないし、家庭環境にもとりわけ恵まれていた。勉学やスポーツだって、人並み以上の成果を上げていたカナコ。そんな彼女でも、恐いものは恐いのだ。他人《ひと》が。

カナコは学校でよく気を失った。人と会話をし、人の眼を見る度に、強烈なストレスを感じる彼女。母親は昼間から、何度も学校の保健室に呼び出された。カナコは夕方まで眼を覚まさない。母親は彼女が起きるまで、雑誌を読んだり編み物をしたりして、辛抱強く時間を潰していたという。そして母親が時間を持て余し、退屈し始める時間帯にようやく眼を開け、必ずこう言うのだった。

「また見るからね」人の眼を。

母親も彼女の幼少時から十分熟知していたことなのだが、カナコは『逃げる』という克服方法をとらなかった。彼女はひたすら見続けたのだ。人の眼を。そして、ひたすら倒れ続けたのだ。

どうして？　見なければいいだけじゃないか！　僕みたいに！　方法は幾らでもある！

母親は話をやめなかった。母親自身も、昔は僕と同じ考え方だったらしい。カナコがその一言を放つ度に、母親は夕暮れ時の淡い香りが漂う保健室で、カナコに人の眼を見るなと、幾度となく、説得を続けたのだった。

それでもカナコは、人の眼を見ることをやめようとしなかった。最初のうちは母親も、なぜカナコがわざわざ、自らを窮地に追いこむような行動を起こすのか、全くわからなかった。何度理由を問い詰めても、曖昧な返答しかしないカナコ。無意味にもがき苦しんでいるとしか思えない我が子を、横で見ていることしかできない親の居たたまれなさ。ある日、母親は偶然カナコが喫茶店で、友達とおしゃべりをしているところに出くわした。その友人は気づいていなかったが、母親はすぐにわかった。カナコが卒倒する寸前だったということを。母親は反射的に店の中に飛びこみ、すかさず彼女の眼の前に、自分の右手をかざした。親として当然の行為。娘の苦しむ姿は、もうこれ以上見るに耐えなかったのだ。

やめてよ、お母さん。

カナコはその言葉を口にしなかった。受け容れたのだ。母親の妨害を。そして見続けたのだ。母親の手の平を。その模様は美しい流線形だったと、後にカナコは母親に語ったという。じっとカナコはそれを凝視した。母親の手に広がるうずまきを。母親がそれに自分を巻きこもうとしていたことも、カナコはわかっていた。それを承知で、彼女は飛びこんでいったのだ。僕を拒否するカナコが待つ感受の海へと、僕が飛びこんでいったように。突入を試みた母親の手の中は、甘ったるいまでに優しい世界だった。耳元をひんやりとした心地よい風が横切り、胸元には温かい空気が流れこみ、足元は悪戯な追い風に決してすくわれない。つまり。カナコが飛びこんだ後、母親は即座に自分の両方の手の平を重ね合わせたのだった。捕らえられたカナコ。母は子に何をもたらすつもり？　闇。カナコの母親は誰の眼にも映ることのない、類希《たぐいまれ》なる過保護さを持っていたのだった。それは母親自身の眼にさえも、姿を見せない狡猾な悪魔。カナコは母親の意識下である闇の中に幽閉された。彼女はとりあえず、しばらくそこでじっとしてみることにした。そこは甘美なる空間だった。精神が沈静化し、小鳥のさえずりすら聞こえない森のように、カナコを安らかな気持ちにさせてくれた。彼女にそれを拒む理由は何ひとつ見つからない。カナコはゆっくりと眠りについた。母の作りし闇に、従順なる心でその身を任せたのだ。永遠なる時間へと向かって……。

カナコの母親はいつの間にか、重ね合わせた両手を離ればなれにさせて、自らの懐にしまっていた。そして再びその手を出して、自分の眼を拭《ぬぐ》ったのだった。母親は泣いていた。カナコはそれに気づいてはいたが、あまり動じた様子を見せなかった。今日までずっとカナコは、母親を甘えさせてあげていたのだ。母親はカナコを、自分と一体化させることを目論《もくろ》んでいた。カナコがこれほどまでに、強固な対人恐怖を抱えてしまったことに対して、母親は自分自身を責めていた。未熟で頼りにならない私が育ててしまったばっかりに、カナコがこんな脆弱な人間となってしまったのだと。その罪悪感はさらに加速した。自分が作り上げてしまった出来損ないを、自らの深い闇に取りこみ、無に帰そうという悪なる願望。カナコはそんな母親をずっと許していたのだ。闇に飲みこまれてもいいと思っていたのだ。許容。それに気がついた母親は、娘の優しさに対して、救われた気持ちと自分の惨めさを痛感し、ただただ涙を流すしかなかったのだった。

「そして、あの子は今でも見続けているのよ。他人《ひと》の眼を」

母親が泣いたという話に入る前から、僕は泣いていた。カナコは周囲の人間、環境、その眼に映る全てのものを、拒否すること無く、許容しようとしていたのだ。出来もしないくせに。こうして通院しなければ、生きてもいけないくせに。君にはそんな力も無いということぐらい、自分でわかっているだろう！　他人《ひと》の眼さえ避ければいいだけの話じゃないか！　それでもカナコは他人《ひと》の眼を、現実を、直視し続けた。何でわざわざそんなキツイことするんだよ！　バカ。向こう見ず。最低。最悪。救われない。

でも。

羨ましい。僕は彼女を心底羨ましいと思った。僕の愛した世界は、非現実的な闇の世界だった。他人《ひと》の眼なんか見ずとも生きていけると、最初《はな》からタカをくくり、光すら届かない闇を愛《め》で続けた。僕は闇を食べて生きてきたのだ。それを恥ずべきことだとも思わずに。しかし、カナコは僕の愛した世界を愛そうとはしなかった。僕にとっても、カナコにとっても、眩《まぶ》し過ぎて苦痛以外の何ものでもない光を、彼女は愛そうとしたのだ。光とはつまり他者だった。言うまでもなく、カナコに光を愛せるはずがなかった。だが、カナコは僕と違って、自らの人格における自分の身分というものを、全くわきまえてはおらず、自分が闇に巣くうべき人間であるということも忘れ、体を心をどんなに打ちのめされても、カナコは何度も立ち上がり、光へと向かっていったのだ。立たなくてもいいのに。寝転んだままでもいいのに。君がたとえ立ち上がろうがぶっ倒れようが、カナコが愛そうとしている他者は君に対して、何もしてくれはしないし、気に留めもしないんだよ。カナコの心は他者の心に、永遠に届きっこないんだから。闇の世界から光の世界まで。その距離はあまりにも遠かった。なのにカナコは。

今まさに、そんなカナコを、僕は心からキレイだと思う。とてつもなく。そして、カナコと全く対極の態度をとって生きてきた僕は、汚かった。反吐《へど》が出るほど。逃げきれると思っていたんだ、自分を誤魔化して生きてゆけると思っていたんだ。光から、他者から。でもダメだった。僕は他者であるカナコから、逃げられなかった。眩《まば》過ぎたのだ、彼女は。僕はとうとう他者の眼から、初めて自分の眼を背けることができなかったのだ。カナコはいつの日か自分にも、他者を愛せる日がやって来るとでも信じていたのだろう。しかし僕と同じく、ダメなものはダメだったんだ。そして、これからも。カナコはそれでも、自分の生き方を変える気なんかないだろう。死ぬまで。そんな僕とカナコ。果たしてどっちが美しい？　勝負はとっくについてるよ。

「あら、もう起きたの？　今日は意外と早いじゃない」

いつの間にか、カナコは眼を開けていた。運がいいのか悪いのか、たまたま彼女の視線の先には、僕の眼が存在していたのだ。

ドクン。

ドクン。

すぐに僕達は互いの視線を外した。気まずい空気を感じながらも、先に口を開いたのはカナコだった。

「ありがとうね」

彼女の母と同じ言葉。僕に向けたカナコのその一言は彼女の全ての気持ちであって、あらゆる意味を内包していた。僕がそれを頂くには、勿体《もったい》ない言葉だった。そして、重過ぎた。

「ユウ!?」

「ユウ君!?」


ようやく僕も倒れた。

第十一章　言葉を集めて

愛。それは父が求めて止《や》まなかったもの。少年時代、父親を失った彼は、残された自分の母親、つまりたった一人の肉親に可能な限りの愛情を注いだ。自分が情を示すべき二つの対象のうち、片方を失ってしまった喪失感を補わんがために。そのせいで、父はすっかり干からびてしまった。なぜなら父は、与えるばかりで、求めることを学ぶ機会を逸した人だから。色彩《いろどり》豊かな花々が咲き誇るはずの青年期に、父の木にだけは何も咲かなかったのだ。そんな父の枯れ果てた心を潤わせたのは、母だった。母は父に、求め方と甘え方を教授した。長い年月をかけて、父の心にもようやく若葉が繁り出し、空からは暖かい光が舞い降りたのだ。

憎しみ。それは母が消しきれなかったもの。母は父を憎んでいた。父の欠けた心を埋め合わせるためだけに、父が自分を配偶者として選んだことを、母は知っていたから。母は、若い頃はそれでもいいと思っていた。彼女は人の心に安らぎを与えることにおいては、他の誰よりも優れていた。その才能のおかげで、母は多くの人から親愛の念を抱かれた。それによって、母は自己決定力すら無い少女の時から、生きていく上で必要な確固たる自信とアイデンティティーを確立することができたのだ。だが、父と結婚して家庭に入ることによって、母に向けて愛情を表現してくれる人間は、家族だけになってしまった。彼女は自らの能力を生かし、本当はもっともっとたくさんの人々から、賞賛を浴びたかったというのに。自分が所有する技能に見合うだけの見返りを激しく求めていた母。専業主婦をするには最も向かないタイプの人だった。言うまでもなく、母の心の大半は幸せな気持ちで満たされていたのだが、僕は彼女の奥底に眠る暗い憎悪を身近に感じていた。

優しさ。それは妹が、労を費やさずして生まれながらに獲得していたもの。なぜなら妹は、あの母の子であるから。ずっとあの母の傍らで生きてきた妹は、彼女の憎しみを温かく受け止める術《すべ》を、自然に身につけざるを得なかった。しかしそんな妹に、悲壮感は全く窺《うかが》えなかった。母が与えることにかけては群を抜いている人間なら、妹は受容することにかけて他の追随を許さなかった。荒《すさ》んだ母の心を自分の胸に迎え入れることによって、生きる喜びを実感してきた妹。人々の心を穏やかに享受するだけで、いつも妹の心は満たされていた。

冷たさ。それは祖母の心の城壁。実は、内側に激しい気性を隠し秘めたこの家族を相手にするために、祖母は常に一歩、身を引かねばならなかった。そういう役回りを買って出た祖母は、自分でも知らぬ間に、自分自身さえをも突き放して生きるようになっていた。この家の人間と本気で関われば、やがては自らの身も危うくなるだろう。祖母は自己主張をしない人間となったのだ。家族の誰が話しかけてきても、素直によく聞き入れた。だがそれは妹のように、その本人にさえも幸福をもたらす許容という立派なものではなく、単なる冷たい芝居だった。誰にも心を許すことなく、それでいて表面上は、理知に富んだ巧みな聞き手となり、家族全員のご機嫌をとるのに日夜、奔走する毎日。気づいた時にはもう遅く、祖母が人の話を聞き流す腕は、必要以上に上がっていたのだった。

喜び。それは杉崎先生にすがったもの。先生は祖母に同情してくれた。家庭訪問にやって来て、たまたま祖母と出会った時、彼女の事情がすぐにわかったそうだ。砕け散る覚悟。先生は彼女に対して、そんな決意をもちろんしなかった。そうしたところで、事態が好転するはずもなかったから。むしろ先生は、祖母の行動を容認し、肯定した。今まで通り、どんどん突き放していけばいいんだ、もっと冷たい人間を目指せばいいんだ、と祖母に指針したのだ。冷たさは祖母が長い年月を費やして形成したアイデンティティー。たとえ道を誤ったものであったとしても、それに難癖をつけることは、祖母自身の存在意義そのものを否定することになる。先生は、肯定と否定がどんな効用をもたらすのかを知っていた。自分を認めてもらえるうれしさ。許してもらえる喜び。祖母は涙を見せなかったが、心の中では泣いていた。それとともに流れ落ちてゆく喜びを、先生に預けながら。

悲しみ。それは伊藤君の命そのもの。彼の命には、常に血が通っていなかった。彼はよく笑いよく泣いた。だが、その全ては嘘だった。彼はいつだって、心から笑おうとしなかったし、心底泣こうとさえ思わなかった。隠しても僕には通じない。彼は明らかに、周囲の人間をバカにしていたのだ。伊藤君の拠り所。それは自我を消し去ったふりをすること。所詮、自分もその他大勢の人間と同じく、矮小《わいしょう》で決して秀でた人間ではないんだ、という事実に眼を伏せたかったがために。幼稚な逃げ方。浅い感性。でもそんな彼を、僕は嫌いではなかった。僕は彼を、人間として可愛いとさえ思っていたのだ。彼は表層的には嘘つきだけど、僕から見れば非常に正直な人間だ。彼を形容するに相応《ふさわ》しく、それはバカがつくほどに。他人に触れられたくないが故に、飾り気なく自分を隠し、木訥《ぼくとつ》に自分を偽る。伊藤君をそこまでに至らせるには、人には言えぬ複雑な要因が絡んでいるのだろう。彼と僕の違い。それはただ、僕の方が自分を隠すのが上手かった、ということだけ。

　正義。それは空が示してくれたもの。空はいつも正しかった。空に浮かぶ太陽が導く先は、乾いた肌すら潤うほどに暖かかった。嫌みに広がる雨雲は、グズついた心を湿らすどころか、その勢いで、細部に散らばる不愉快な、ぬかるみをも洗い流してくれる。そして終《つい》には、抜けるような梅雨の晴れ間が、生きる希望へと意気込ませる感覚を、僅かながらに与えてくれるのだった。

悪。それは大地がしでかしたもの。大地はいつも間違っていた。豊かな作物を恵む田畑は、多くの人間の自我を生き長らえさせ、瞬く時の中に、永遠の美しさを求めようとするさらなる強い自我を否定する。山々の化粧として塗りたくられた緑は、人々が努力して築き上げた偉大な緊張感を、一気に萎《しぼ》ませてしまう。また、先を急ぐ人々の足を止め、全てをそのペースに巻きこんでしまう、川の流れほど魔性を帯びた生き物も、他に類を見ないものであるという事実は、自明の理なのである。

恋。それはカナコが、

僕自身を形取っているもの。僕という人間は、僕がこの世に生《せい》を享けて以来、出会ってきたあらゆる人の、モノの、自然の複合体に過ぎない。愛も、憎しみも、優しさも、冷たさも、喜びも、悲しみも、正義も、悪も、そして恋までも。他にも数えきれないほど多くのものを、僕は持っている。それは満ち足りたことであるし、幸せなことでもあると思う。だが残念ながら、それらは僕が生まれた瞬間から持ち得ていたものではないのだ。生まれた時は零《ゼロ》だ。僕に限らずみんなそうだ。僕が十九年間生きてきて、『自分以外』という外部から、それらを獲得していっただけなのだ。魚のウロコを一枚一枚貼りつけるようにして、でき上がった僕という鎧。それが僕だ。じゃあ、その内側にいる本当の自分は？　そんなものは初めから存在しなかったのだ。あるのは、生まれてきた寂しさだけ。擦《す》れっ枯《か》らしの大地に根を馳せた僕は、必死になって硬いウロコをかき集め、それらで自分を覆った。寂しさを誤魔化すために。それは正しいことだと思っていた。正義だと思っていた。他のみんなだって、そうしていたんだ。無意識のうちに。そして無自覚に、その尖ったウロコで、互いのウロコを傷つけ合う。銘々の、生まれ出《いず》る寂しさを守るために。たった一つの持って生まれた寂しさを、傷つけられたくないがために。本当は僕と一緒で、みんな必死だったんだ。ただそれだけのために。それなのに、僕が今まで出会った人間の中でたった一人だけ、ウロコを身に纏《まと》おうとしなかった奴がいたのだ。カナコ。カナコはウロコを否定した。自らが持つ全裸の寂しさを、カナコは鋭利で情の通わない他人のウロコにぶつけていったのだ。他者と出会う度に、カナコの寂しさはぼろぼろになっていった。他のみんなが傷つけ合っているのは、ウロコだけだというのに。カナコ以外の人間にとっては、痛くもなければ痒《かゆ》くもないんだ。そのウロコの下で怯えている寂しさを傷つけることは、絶対にあり得ないのだから。それでもカナコは、自分の寂しさを傷つけてでも、頑《がん》として他者へと向かう。そこに見返りはあるのか？　カナコが求めているものは一体、何？　それは、自分の寂しさと他者の寂しさが触れ合うこと。カナコはそれを激しく求めた。だからこそ、自らの寂しさを丸裸にしてでも、他者の眼を見続けたのだ。しかし、誰も答えてはくれなかった。誰も自分のウロコを剥《は》ぎとろうとはしなかったのだ。その結果は必然だった。ウロコを剥《は》いで、人が生きてゆけるはずがない。それは、人であることを否定する行為でもあるのだから。意識の有無を問わず、人は皆、寂しさを押しこめて生きている。自分の寂しさを傷つけない術《すべ》を編み出しながら、そうして人は、人として足り得る人格を完成させてゆくのだ。

つまり、カナコの生き方では間違いなく、人にはなれない。そこまで自分の人生を犠牲にしてまでも、彼女は試したいのだ。自分を。他者を。「私は耐えられるの？　こんなに自分の寂しさを人前に晒《さら》して生きてゆくことに」と、カナコは自分自身に問い続ける。そして、「あなたは耐えられるの？　一度ぐらい、自分の寂しさを晒してみせなさいよ。こんなことができるのは、私しかいないんだから」と、他者にまで求め続けるのだ。傲慢から派生したエゴ。誰に言われたわけでもなく、自分が勝手にやっている辛い作業を、他人にまで押しつけようとするなんて。他者への礼節を欠くにもほどがある。人の心に土足で踏みこんでいい権利は誰にもない。そうまでして無礼極まりない行為に走ってでも、カナコは自分と他者の寂しさを、相互に埋め合わせたかったのだ。そして、その自らの弱さを克服していこうとする過程で、自分よりも他者達の方が、もっと弱くて逃げてばかりいる臆病者の集まりだったと、カナコが気づくのに、障害となるものは、ほとんど無かった。誰一人、ウロコを捨て去る者はいなかったのだから。カナコの寂しさは、やがて怒りへと変貌し、自分自身に対する克服は、他者への挑発へと移行していったのだった。

僕はカナコを責めるつもりはないし、自分自身を責めるつもりもない。自分が持つ寂しさを闇に隠し続け、人生をやり過ごそうとしていた僕。自分自身の寂しさと向き合い、その先にある光を求めたカナコ。本来なら二人は同類のはずで、僕はもちろんカナコも、光の届かない闇で生きるのが一番お似合いなわけで、それは最善の選択だった。にもかかわらず、自分にとって最悪の選択をとったカナコ。同種である僕とカナコの間に存在するはずだった調和のとれたバランスに対して、カナコは僕と出会う前から、破壊の限りを尽くしていたのだった。カナコが光さえ欲しがらなければ、僕と彼女はとても相性のいい二人であっただろうに。おそらく僕もカナコも、自分の生き方をねじ曲げてまで、お互いに歩み寄るつもりなんて全く無いだろう。

それで？　お前はどうするの？

もちろんこれは、僕が僕自身に問いかけた独り言であって、僕が決別したもう一人の僕の声ではない。でも、ちゃんと答えるよ。僕はカナコの挑発に乗ってみる。別にカナコの生き方を認めたわけではないし、僕の今日までの人生を否定するということでもない。それじゃあ、カナコの挑戦を受け入れる理由はどこにある？　どこにも無い。無いからやるんだ！　生きる理由が見当たらないのなら、これが理由無き行動であったとしても、逃げずに遂行して、絶対に僕が生きる理由を自分で作ってやる！　僕が生まれてきたこと。カナコが生まれてきたこと。僕とカナコが出会ったこと。そして、他者の眼を見るにはあまりに不具合な、対人恐怖を抱えた僕とカナコの二人が、今日も未だに生きているということ。それらを肯定するのも否定するのも、後でだって十分できる。ただ、今は。自分の一番眼の前にある命の塊《かたまり》から眼を背けることは。いずれ僕とカナコに必ず訪れる死に対してさえも、納得した答えは見出せないはずだ。おそらく。それは若いなりに考え抜き、やっと辿り着いた結論だった。

だから待っててね。カナコの眼。

終章　歪《ゆが》んでいいよ

八月三十一日、未明。明け方のコンビニは相変わらず、弥《いや》が上にも僕の心を穏やかにさせてくれる。ちょうど空が白んでくるこの時間。品物の補充に来る業者や、早番の仕事を前に、朝御飯とスポーツ新聞を買いつける肉体労働者、朝帰りの寝ぼけた学生。彼等が誰もいなくなる僅かな瞬間に遭遇した。そこに生まれる神聖で化現《けげん》な空気には、何者も逆らえない。気まぐれに僕は、店内に流れる音楽を止めてみる。時計の秒針だけがしなやかに音を刻む。

僕はやっぱり幸せな人間だ。今、改めてそう思う。自我という理屈を地上の果てに求めずとも、僕は近しい事象に愛を宿せる。この静けさ以外何も無い透明な空気にさえ、淡い色づけをしてしまえるのだ。僕の視界にはいつも、僕の心を豊かにするものがいっぱいに広がっていた。それは、他人が見れば何の変哲もない石塊《いしころ》を、僕が自分に都合のいいものとして、勝手に解釈していただけ。それだけのことだ。雨が降り、気分をブルーにさせる悪意に満ちた湿気がこの身を掠《かす》めるならば、僕はそれを、雲間から青い空が、機嫌良く地上を垣間見るための儀式と受け止めるだろう。身も凍る寒さに見舞われた朝には、温かいコーヒーを美味しく飲める喜びを噛み締めばいい。風が強くて外も歩けない日が到来するなら、家の中で普段読もうともしなかった本との出会いに感謝する。

自らが作り出したフィルター群。都合良く自分の形に変えられるのなら、それに越したことはない。そうやってずっと僕は、現実に存在するものの本当の姿を見ようとして来なかったのだ。今日から始まるであろう弛《たゆ》むこと無き試練は、僕が昨日までその行為をサボってきたツケを払うためのものなのだ。十九年も何もせず、気楽な毎日を送ってきたのだから、それを取り戻すには、やっぱり十九年はかかるのかな？　そうなると、僕は三十八歳になるまで、がんばらないといけないね。これから動き出す永い苦難に満ちた、それでも幸せな人生へ。

シャッ。

自動ドアの開く音。来るのなら、今日この時間以外ないと思っていた。夏の日の最後の朝。明日の九月一日ではもう秋となり、気温も急激に下がってしまう、ということはあり得ないのだが。決着と呼べるエポックをいつどこに持ってこようかと考えれば、二人が出会い行動を共にした時期と経緯を思い返せば、今日この場所での朝しかない。二人とも同じ結論を弾《はじ》き出したはずだ。そこまでの確信があったからこそ、僕は無理に頼みこんで、この日のこの時間にバイトをシフトしてもらったのだ。

シュッ。

自動ドアの閉まる音。幼い頃から、カナコは命を懸けて生きる決意をしていた。だから今日のような行動が簡単にとれるのだ。とても素直に。僕は今日から命を懸ける。僕とカナコの存在を肯定、もしくは否定し得る強さを、自分のものにするために。カナコが自分自身と戦うのなら、僕も自分自身と戦う。カナコが僕と戦うのなら、僕もカナコと戦う。そして、もし、カナコが僕と一緒に戦ってくれるのなら、僕もカナコと一緒に戦うよ。それは走り過ぎた願望だね。

ドクン。

ドクン。

「今日は一体どうしちゃったの？　私なんか睨んだって、一銭の得にもならないわよ」

店内を静かに響かせていた時計の秒針は、大きな二つの秒心にその座を奪われた。夏が終わろうとしていても、カナコの憎まれ口は健在だった。そして表情はというと、綻《ほころ》んでいた。堪《こら》えてはいたが、零《こぼ》れてしまったカナコの笑み。彼女の前で初めてウロコを一枚剥《は》がしてくれる人間が、この世に存在したのだ。嬉しくないはずがない。でも、長い間待ち望んでいた人間がやっと現れたという割には、カナコに驚いた様子は窺《うかが》えなかった。今日という日が必ずやって来ることを、ずっと信じていたから、カナコは今日まで生き続けることができたのだ。そう考えれば、理に適《かな》う。

ドクン。ドクン。

ドクン。ドクン。

「ユウ。あなた死ぬ気？」

二つの鼓動は、その数と大きさをさらに激しく増していった。減少しているのは、それらが鳴る間隔だけだった。カナコの眼。怒り、憎しみ、激しさ、せつなさ、痛ましさ、そして喜び。カナコがこれまで辿ってきた生き様の全てが、その黒い瞳に凝縮されていた。それを見つめることは、肉眼で太陽を見ようとするような愚行である。だけど僕はもう倒れない。僕の体を無数に連ねる核心の網で、カナコの生《せい》に触れてみせる。たとえその後、死ぬかも知れなくても。

ドクン。ドクン。ドクン。

ドクン。ドクン。ドクン。

「ユウ。このままじゃ、二人ともぶっ倒れちゃうよ」

僕と同じくして、カナコの顔つきも徐々に険しくなっていった。彼女の額から微《かす》かに汗が、たおやかに流れてゆく。他者の視線。互いにこの世で最も恐れているものを、互いに差し出している。第三者から見れば、天を貫くばかりの荒唐無稽ぶり。それでも、こうしなければならないことを、二人ともよく理解していた。僕とカナコに迷いは無かった。

ドクン。ドクン。ドクン。

ドクン。ドクン。ドクン。

「濁ってないのね」

「僕の眼が?」

「そう。ユウはとっても真面目で誠実な人間よ。私が今日ここに来ることもちゃんとわかっていて、尚且《なおか》つ今ここに立っている。私の挑戦を受けて立ってくれたのよ」

「そうだね」

「それだけ?」

「うん」

「ありがとうね」

「ありがとうね」

「真似しないでよ。って言っても、私もユウもこれ以外に言葉が見つからないよね」

ドクン。ドクン。ドクン。ドクン。ドクン。

「ユウの音。さっきよりもはっきりと聞こえるようになったわ」

いつの間にか、カナコは自分の右手の平を、僕の胸に当てていた。お互い、同じ恒温動物であるはずなのに、カナコの手は僕の倍、温かかった。僕の眼とカナコの眼の距離は、約三十センチに縮まった。ズキズキとくる頭痛と眼眩《めまい》で、僕の意識はすでにどこかへ飛びかけていた。持って後、数十秒。そのささやかな時間を存分に使え。終《つい》にカナコの眼に飛びこむんだ。青く深いプールの中に潜る気持ちで。僕は大きく息を吸いこんだ。すぅ。

飲みこまれた。カナコの眼。黒い瞳。当然美しかった。カナコは僕の眼を濁りのない眼と評したが、僕が見たカナコの眼は、澄んでいるとかいないとかそれ以前の問題であって。鏡だった。なんと、カナコは僕と同じ眼をしていたのだ。無駄だよ、カナコ。僕の前で、他者に怯える心は決して隠せない。その眼の色が、僕と視線を外したくて仕方がないと、叫んでいるよ。バカなカナコ。本当はずっと逃げたかったくせに。もう今更逃げられないよ。十九年間張り続けてきた意地をいきなり取っ払ってしまえば、カナコはカナコでなくなってしまう。その作業をするんだったら、僕と一緒に十九年はかけなきゃね。

ドクン。ドクン。ドクン。ドクン。ドクン。

「カナコの音も。しっかりと聞こえるよ」

これから十九年もかけて人格を変える必要もなく、今日までの十九年で、カナコはカナコとして立派に人格を完成させていた。彼女はこのまま、人生の終焉まで突っ走るつもりだ。こういう生き方を選んだカナコは、いつ死んでもおかしくない。だけどいいよ、カナコ。僕はそれでも構わないと思う。カナコがカナコでなくなるぐらいなら。こっちの方が断然いいよ。死を覚悟した生き物の眼。キレイだよ、という言葉が心から溢れ出る。しかし、もう限界だ。

ぐらっ。

僕の倒れる音が響こうとする直前で、カナコは突然、その場で後ろを向いた。おかげで僕は、ぐらつきかけた体勢を立て直せたのだが……。

「どうして!?」

命を懸けてカナコに挑んだ僕にとって、カナコの行動はとても無礼に思えた。これじゃまるで勝負に負けたのに、情けをかけられてトドメを刺されなかった侍じゃないか！　僕は腕ずくで、カナコをこちらに向かせようとした。

「待って！　ユウ！」

カナコは僕が伸ばそうとした手に自分の声を被《かぶ》せた。

「待てって……何をだよ!?」

「いいのよ、これで」

「なぜ？」

カナコは空気を少し口に含んだ。そして大きく吐いた。言葉とともに。

「ユウ。私達二人は確かにおかしいわ。普通じゃない。でもね。だからといって今日のユウの行動が、ユウにとっていいことだとはとても思えないの。ユウ、きっと死んじゃうよ。私？　私はいいのよ、いつ死んでも。そう思って、今日まで生きてきたんだから。私は半《なか》ば、死を求めているのよ。だけどユウは違う。ユウは明らかに生《せい》を求めているわ。だから私とは逆に、人の眼を避けてきたと思うの。ユウは最初から、私の眼なんか見る必要なんて無かったのよ。私の気持ちに応えてくれてありがとう。それについては、本当に感謝してるわ。でも、もうここまで。ユウが無理すべき行動は。潮時だね」

カナコは僕に背を向けながら、しゃべり続けていた。それは子を思う背伸びした母親の背中。「もうこれ以上俺にはついてくるな」という男の後ろ姿。

「ユウ。私は今ちょうど、お店の出入り口の方を向いているよね。きっともうすぐ、ここから誰かが入ってくるわ。お客さんかも知れないし、業者さんかも知れない誰かが。そして私はその人と眼が合うの。もちろん私は絶対眼を逸《そ》らさない。どんなに辛くても苦しくても。これが私の選択し続けてきた生き方なのよ。端《はた》から見れば、私が最も苦しむ人生を選んでいるように映るけど、これこそが、私にとって一番苦悩を避けることができる、たった一つの手段なのよ。激しい痛みが跳ね返ってくるけど、死ぬ時、間違いなく後悔しないもんね。ユウ。あなたにも私のように、自分が選んできた人生を、見放してあげて欲しくないのよ。できればそれを信じて欲しい。これって、やっぱり我儘《わがまま》？　そりゃそうよね。世間一般から言わせれば、人の眼を見れなかった人が見れるようになろうとして、せっかく努力し始めたところなのに……。私の言ってることの方が間違ってるわ。でもね……ああ、いい言葉が見つからないよ」

僕はカナコの背中をずっと見つめていた。

「わかるよ。もういいっていうぐらいわかるよ、カナコ。僕が今日とった行動は、カナコにとっては、カナコが人の眼を見るのをやめるようなことだもんね。だからカナコは嬉しかった反面、自分の生き方を否定されたみたいで、不快感も感じたんだろうね」

「さっすが、ユウ！　やっぱり、この私が見込んだだけあって、マジで頭いいよ！　ユウには言葉なんか何も要らないって感じ！　ホントにもう……」

彼女は背を向けたまま、肩を震わせ、自分の喜びを僕に伝えていた。

「ねえ、ユウ……。こうやって、また私は倒れてゆくんでしょうね。死ぬまで……」

「それでもいいいよ、カナコ」

「いいの!?　本当に!?」

「本当だよ。その代わり。これからは倒れるんだったら、後ろ向きに倒れてくれないか？　ちょうど、今の僕とカナコの位置関係がそうであるように。今日から僕はずっとカナコの後ろに立つ。こうすれば僕はカナコの背中に隠れて、カナコの眼はもちろん、人の眼を見ずとも、カナコの体を支えることができる。これで思う存分、カナコは人の眼を見ることができる。いい考えだと思わないか？　カナコ」


それでも世界はゆっくりと流れていた。

カナコの喜びが、たとえ母でさえ大地でさえ海でさえ、抱えきれないほど大きなものだったとしても、僕は彼女の時を駆け抜ける。自己犠牲。空くことの無きひたむきさ。カナコは僕の身に代わり。僕はカナコの身を抱え。カナコは僕であることに。僕はカナコと在《あ》ることを。現在《いま》に刻むほどではないまでも。それは地肌へ溶けてゆく。この世界の光と影の境眼《さかいめ》で、新たな色を生み出すために。混じってしまえば楽だけど。消えて無くなるぐらいなら。これでいいかも知れないね。ねえ、カナコ。

シャッ。

スポーツ新聞の朝刊をどっさり抱えこんだ三十半ばの男が、無気質に入ってきた。カナコを戦慄へと駆り立てる他者の眼。負けたくない。カナコは自分の生き様を背中で語っていた。カナコはその男の眼をじっと睨んだ。新たなる外敵と相まみえるかの如く。

ドクン。ドクン。ドクン。ドクン。ドクン。

男は何も無かったかのように、カナコの横を通り過ぎ、僕がいるカウンターの前にやって来た。そして僕が受け取りのサインをすると、またカナコの横を平然と通り過ぎていった。

シュッ。

カナコは後ろのめりで、カウンターに倒れてきた。僕はカウンター越しに、カナコの背中を支えた。カナコの体はエビ反《ぞ》りとなり、僕とカナコの眼は再び合ってしまいそうになった。

「ユウ！　眼を閉じて！」

僕はカナコを抱えながら、眼蓋《まぶた》を閉じた。カナコの温かい感触に、時計の針がまた音を刻み出した。

「ユウ」

「うん」

「許してくれるのね。バカな私の生き方を」

初めて触れた他者の唇。僕は知らなかった。他者は優しかったのだ。バカは僕だった。僕がこれほどまでに恐れおののき、懸命に避け続けてきた他者。僕もカナコも、家族以外の誰かに許して欲しかったのだ。自分自身を。そして誰かを許したかったのだ。

「泣くなよ」

涙は得てして不自然だった。気が遠くなるほど、多岐に渡って分裂してゆくのは、カナコの感情。カナコが流した涙はそれらを具現化したものだった。僕はそれらを拾い集めてやりたかった。でもそれは出来ない。それらは手で拭《ぬぐ》うと余計バラバラになり、素早く蒸気化し、大気へと舞ってゆく。カナコが放った喜びは、今この時しか存在しないのだ。氷が解けてしまう前に。僕はカナコの涙を自分の頬に塗りこんだ。

「ユウの顔、荒れちゃうよ」

時間と空間の垣根で産声《うぶごえ》を上げた慈《いつく》しみ。カナコは僕の頬に触れ、少し間を置いた。今だけでいい。神様、どうかカナコの眼を僕にください！

僕はゆっくりと眼を開けた。


シュッ。

僕は自動ドアが開いた音を聞き逃していた。カナコはすでに、店の外へと出てしまっていたのだ。ガラス越しにカナコが僕を見つめていた。

ドクン。

　ドクン。

また、あの二つの音が鳴り始めた。カナコは僕の真下にあるカウンターのテーブルを指《ゆび》差していた。そこには百二十円のお金が置いてあったのだ。カナコは笑っていた。そして僕も。

ドクン。

　ドクン。

カナコは僕の眼を見つめている。

ドクン。

　ドクン。

まだ見ている。

………。

　………。

一瞬、二つの音が鳴り止んだ。

著者プロフィール
野口 大輔（のぐち だいすけ）
昭和48年３月　京都府京都市生まれ
平成９年３月　近畿大学理工学部数学物理学科卒業
現在、サラリーマン生活のかたわら創作に励む。
京都市左京区在住。

ユウ

2002年１月15日　初版第１刷発行

著　者　野口 大輔
発行者　瓜谷 綱延
発行所　株式会社 文芸社
〒112-0004　東京都文京区後楽2-23-12
電話 03-3814-1177（代表）
03-3814-2455（営業）
振替 00190-8-728265

印刷所　図書印刷株式会社

ISBN4-8355-3181-7 C0093